Le Petit Nicolas à l'Élysée

Gospé et Sempinny

Le Petit Nicolas à l'Élysée

Pastiche

éditions du
ROCHER

ISBN : 978 2 268 06384 3

À Jean-Jacques Sempé et René Goscinny,
présidents de la République des enfants.
Et à Tristan.

Le directeur a pris sa retraite

À l'école, avec les copains, le jour de la rentrée des classes, on se sentait un peu seuls.

Dans la cour il y avait beaucoup d'absents. Il y avait aussi beaucoup de nouveaux.

Quand on s'est assis sur nos chaises, la maîtresse nous a dit leurs noms.

Il y en avait un qui s'appelait François. Il s'était assis à la place de Raffarin. Il était bien coiffé et il regardait tout le

temps ses souliers (il faut dire qu'ils étaient très bien cirés). Il rougissait comme une fille quand on lui demandait son nom.

Il y avait un nouveau rigolo, qui s'appelait Jean-Louis et qui se mettait les mains dans les cheveux avec ses doigts pleins d'encre, alors qu'on n'avait même pas commencé à écrire. Il avait un chouette bracelet jaune et noir en tissu, même qu'il nous a dit qu'il venait du Brésil. Il y en avait un autre qui s'appelait Alain. Il rangeait bien droit ses crayons dans l'encrier de son pupitre et il avait déjà écrit son nom au porte-plume dans la marge de ses cahiers. Il avait une chemise blanche un peu brillante, avec le col bien fermé, comme s'il allait à la communion de son petit frère.

Il y avait un nouveau qui était drôlement timide, avec des cheveux rouges, et qui s'appelait Brice. Il voulait être à côté de

Nicolas, parce qu'il disait qu'il le connaissait, mais Nicolas n'avait pas l'air de se souvenir de lui, et il ne lui parlait même pas.

Il y avait un gros, qui s'appelait Dominique, comme un copain qui était avec nous l'année dernière, et qui avait de grandes jambes. Je crois que maintenant, il est parti très loin, dans l'île où habitait Napoléon, et ce n'est pas sûr qu'il revienne. L'autre Dominique, il avait un cartable neuf, un gros stylo et des cahiers vernis. Sa maman l'avait drôlement bien peigné, mais il avait sa chemise qui sortait de son pantalon, et il faisait des clins d'œil à tout le monde, comme si on avait tous été ses amis.

Il y avait un nouveau qui s'appelait Hervé, et qui rigolait tout le temps. Il avait les mains dans les poches, et quand je lui ai demandé pourquoi il n'avait pas de cartable, il m'a répondu que, le premier jour, ça ne servait à rien.

Ce qui était bizarre, c'était de voir autant de filles. Avant, il n'y avait que Ségolène dans la classe, mais cette année, la maîtresse nous a dit qu'il faudrait faire un bon accueil aux nouvelles. Nous, on a surtout fait bon accueil à Rachida, parce qu'elle était très belle avec son sourire timide et ses yeux noirs.

« *Vous connaissez déjà Michèle* », a dit la maîtresse.

Nous, on l'avait reconnue, elle était venue une journée l'année dernière et cette année, elle avait encore l'air sérieux de papa quand je lui demande de m'aider à mon problème de calcul et qu'il dit que c'est bien complexe, et qu'on n'a pas idée de laisser ouvert le robinet de la baignoire quand la bonde est ouverte.

– *Je suis revenue pour trois raisons,* nous a dit Michèle. *D'abord, parce qu'on m'a garanti que le niveau s'était amélioré. Ensuite, parce qu'on m'a dit que la maîtresse comptait sur moi pour mettre un bon esprit...*

On n'a pas entendu la troisième raison de Michèle, c'est dommage, parce que la cloche a sonné et qu'on est sortis en récréation en criant.

Dans la cour, on a été étonnés, parce qu'on n'a pas vu le directeur, avec ses grosses lunettes et ses beaux costumes. Le Bouillon (c'est comme ça qu'on appelle notre surveillant, même si ce n'est pas son vrai nom), il nous a dit qu'il était parti pour toujours et qu'on ne le reverrait plus. Qu'il s'était dévoué depuis quarante ans pour nous, et qu'il était temps pour lui de commencer une autre vie.

On n'a pas bien compris, parce que le directeur, il ne faisait pas grand-chose, et on avait l'impression qu'il était bien content d'être avec nous, même qu'on se levait toujours quand il entrait dans la classe, et qu'on donnait des pièces jaunes à sa femme pour les pauvres.

Jean-Marie, qui dit souvent ce qu'il ne faut pas au moment où il ne faut pas, il a dit qu'on ne le regretterait pas, parce qu'il était injuste, et qu'il lui donnait toujours des lignes.

Le Bouillon l'a envoyé au coin, et Jean-Marie a dit que c'était bien la peine que le directeur soit parti, s'il fallait qu'il soit puni comme d'habitude.

Nicolas nous a réunis sous le préau, et il a commencé à nous parler comme s'il faisait un discours. Il avait mis ses cheveux en arrière, et il était coiffé comme un grand. Il nous a dit que plus rien se serait comme avant, maintenant que le directeur était parti ; que c'était un très dur métier que d'être directeur, mais que tout se passerait bien si on travaillait bien et si on suivait ses consignes.

– *De quoi, de quoi ?* a dit Laurent. *Mais pour qui il se prend ?*

– *Pour la reine d'Angleterre,* a dit Dominique.

Alors Jean-Louis a écrasé son sandouiche sur la tête de Dominique, et comme il y avait de la mayonnaise, ça a sali son cardigan tout neuf.

Nicolas a donné un coup de poing sur le nez de Laurent, et Philippe a fait un croc-en-jambe à Dominique.

– *Arrêtez !* a crié Michèle. *Vous êtes la honte de l'école ! Je vous ordonne de vous arrêter !*

– *Tais-toi, morue,* lui a dit Jean-Louis.

– *Taïaut,* a crié Philippe en fonçant sur Alain, qui marchait de long en large dans la cour en révisant ses leçons, même qu'Alain est tombé, et qu'il a déchiré son cahier neuf.

Alors Michèle est allée chercher le Bouillon pour dire que c'était un scandale, parce que les garçons ne savaient que se battre et embêter les filles.

À la fin, on a tous été punis, même François et Hervé, même Rachida et Brice, qui n'avaient pas participé à la bagarre et qui nous regardaient bizarrement, comme si on était fous.

– *Elle est chouette, cette école,* a dit Jean-Louis, *je sens que je vais me plaire.*

Jean-Marie n'avait pas l'air d'accord. Comme il était au coin, il n'avait pas pu savoir ce que nous avait dit Nicolas pendant la récréation. Il ne s'était disputé avec personne, et c'était le seul à qui le Bouillon n'avait pas donné de punition. Il a fait une grimace à Nicolas, mais Nicolas ne s'en est pas aperçu parce qu'il était occupé à dire à Rachida qu'elle sentait bon. Il a essayé de faire un croche-pied à Philippe, mais Philippe s'était déjà assis à sa table pour faire ses lignes. Quand il a envoyé une boulette de papier sur Alain, Alain ne s'est pas retourné parce qu'il était occupé à ranger ses cahiers dans son casier. Quand il s'est mis à quatre pattes sous son bureau en poussant des grognements de cochon, la maîtresse ne l'a pas entendu parce qu'elle écrivait les devoirs au tableau. Elle ne lui a pas dit qu'il était insupportable et que ça ne pouvait plus durer. Elle ne l'a pas envoyé chez le Bouillon. Ce qui est bizarre, c'est que Jean-Marie avait l'air un peu triste. Quand il a fini par s'asseoir à sa place, au fond de la classe, je l'ai entendu qui disait :

– *C'était tout de même mieux du temps du directeur.*

Les grandes vacances

Ce matin, la maîtresse nous avait demandé de venir avec des photos et des souvenirs de nos vacances. Maman m'avait donné une belle carte postale de la place du village, un bouquet de lavande et une grosse pomme de pin que j'avais ramassée dans la forêt avec mon oncle Émile qui connaît toutes les sortes d'arbres, même que papa dit que lui, il a passé l'âge de faire des herbiers et que maman répond qu'il est jaloux parce que c'est un enfant de la ville et qu'il a perdu le contact avec la nature.

En arrivant dans la cour, on a commencé à se montrer nos souvenirs. Ségolène avait apporté un petit carnet de plastique sur lequel on la voyait dans

plein de robes, une fois blanche, une fois bleue, une fois rouge. Il y avait une photo où elle regardait vers le ciel avec l'air très sérieux, une autre où elle était de profil avec un joli sourire ; il y en avait même une où elle levait les bras très haut comme si elle venait de marquer un but au football. Elle nous les montrait en faisant des commentaires, et au bout d'un moment Laurent a dit que c'était plus intéressant de voir des photos de paysages plutôt que toujours la tête de Ségolène. Comme elle a commencé à pleurer, il lui a dit en parlant tout doucement qu'elle devrait peut-être arrêter de faire son intéressante, parce que ça ne lui avait pas très bien réussi, et qu'elle n'avait pas eu le prix d'excellence l'année dernière alors qu'elle expliquait toujours à tout le monde qu'elle était la plus forte. En disant ça, Laurent a sorti les photos de sa maison en Sologne où il y a un lac avec des nénuphars et des cygnes. Il y en avait une avec un paon magnifique qui faisait la roue, et Laurent qui souriait à côté. Il avait l'air un peu bête. Dominique riait en disant *« C'est bien, Laurent, fais la roue ! c'est bien »* et je voyais que ça l'énervait, Laurent.

Alors, pour se défendre, il lui a demandé où il était allé en vacances. Dominique, il a dit qu'il était allé chez sa maman dans une très belle maison au Maroc, avec des fontaines dans le salon et des canapés partout. Rachida a dit qu'elle aussi, elle était allée au Maroc, mais elle, c'était dans un village, et sa tante avait acheté un âne et elle avait eu le droit de monter dessus. Elle disait ça avec son sourire timide et moi, je commençais à la trouver plus belle que Ségolène. Alors Philippe a dit que chez lui, il y avait des chevaux et même qu'on pouvait se déguiser pour monter dessus. Il a dit des choses pas très claires avec des puits qui sont complètement fous, des fermiers qui vont à la messe dans les bois avec leur fourche

et des rois très chrétiens qui font la chasse au faucon. On l'a tous regardé en se disant que c'est lui qui était un peu fou, même si on sait que chez Philippe, tout le monde aime bien mettre des costumes et jouer aux chevaliers. Jean-Marie, qui restait souvent dans son coin depuis la rentrée, a dit qu'il avait fait du bateau et qu'il était resté debout malgré la tempête et le vent. Il a commencé à chanter de sa grosse voix une chanson de marins qui n'ont pas peur de l'orage. Michèle était allée à Saint-Jean-de-Luz. Elle avait rapporté des espadrilles et une grosse cuillère en plastique pour jouer à la balle, mais elle ne savait pas s'en servir, parce qu'elle dit que les jeux de ballon, c'est bon pour les garçons, et qu'on risque de se salir et de se faire mal. Hervé était venu avec une raquette, parce qu'il avait fait un stage de tennis. Ce qui est bizarre, c'est qu'il disait qu'il allait être classé, alors que normalement, c'est à l'école qu'on vous classe, et que lui, c'était pendant les vacances. Alain a dit qu'il avait lu la collection complète de « Tout l'Univers » chez son

FOUKAY II
Porto Rico

grand-père. Il avait apporté le carnet des notes qu'il avait prises pour tout bien retenir. Alors Nicolas, qui n'avait rien dit jusqu'ici, a commencé à parler de ses vacances à lui. Il racontait des choses tellement extraordinaires qu'on s'est mis en cercle autour de lui. Il nous a dit qu'il avait pris une longue voiture noire, avec plein de fenêtres et un frigidaire dedans. Qu'il était monté dans un avion rien que pour lui, avec des cacahuètes et du Coca-Cola et un téléphone pour appeler sa grand-mère. Ensuite, il nous a montré les photos d'un bateau tout blanc. Pas avec des voiles et du bois comme celui de Jean-Marie, mais avec une piscine dessus et des écrans de cinéma dans les chambres. Il nous a montré une photo du capitaine avec sa casquette et aussi une du plongeoir accroché au bateau pour sauter dans la piscine. Il nous a dit que le soir, il avait le droit de demander tout ce qu'il voulait pour le dîner et que sa maman lui permettait de regarder la télévision dans sa chambre en mangeant des Smarties. Ce qui nous a le plus épatés, c'est quand il nous a montré la photo de la pièce où il y avait des lumières qui vous faisaient bronzer comme le soleil sans même avoir besoin de monter sur le pont.

François, en voyant ça, il ouvrait des grands yeux. Après, il a remis sa mèche et il a regardé ses chaussures. On n'a pas su où il avait passé ses vacances, parce qu'il n'a pas osé nous le dire. Celui qui a eu trop de chance, c'est Jean-Louis. Parce que lui, il est parti en caravane avec ses parents au camping de Knock le Zout. Il paraît qu'il y avait un manège, et une baraque où on pouvait acheter des cornets de frites. Il avait ramené un chouette collier, fait avec des dents de poisson et des coquillages, même que Brice lui a dit qu'il devrait le garder pour la fête des mères. Il nous a dit qu'il nous apprendrait à faire la chenille, parce qu'on le lui avait montré au camping. Moi, j'ai trouvé que c'était chouette, parce que papa dit toujours que les vacances, c'est l'occasion de voir du pays et de s'instruire.

La journée du Patrimoine

Normalement, les sorties de classe, c'est toujours à la fin de l'année qu'on les fait. Mais cette fois-ci, la maîtresse nous a dit qu'on en ferait une en septembre, parce c'était la journée du Patrimoine. Comme elle est gentille, la maîtresse, elle nous a demandé si on savait ce que c'était, parce qu'elle voulait nous faire une surprise et nous emmener dans un endroit où on ne serait jamais allés.

Moi, j'ai levé le doigt, et j'ai dit que l'année dernière j'avais visité avec mon papa le muséum d'Histoire naturelle, même qu'il y avait un squelette de dinosaure, et que c'est la seule chose qu'on a pu voir, parce qu'il y avait tellement de monde qu'on ne pouvait pas bouger. Je crois que c'est parce que c'était gratuit. Mais c'était chouette, parce qu'il y avait une machine qui distribuait des boissons glacées et que mon papa m'a offert une limonade pour la peine.

Alain a dit qu'il avait visité le Conservatoire national des arts et métiers, et qu'il n'y avait personne, parce que les gens ne savent pas toujours profiter des bonnes occasions pour s'instruire, qu'il y avait plein de machines compliquées, mais que c'était décevant, parce que les notices étaient *« un peu sommaires »*.

Jean-Louis avait visité le Parc des Princes, il a dit que c'était génial, qu'il était même allé dans les vestiaires, où il y avait une drôle d'odeur, parce que c'est là que les champions s'entraînent. Son papa lui avait montré le banc où Skoblar enfilait ses chaussettes, il paraît qu'il en avait les larmes aux yeux.

Michèle avait visité l'école de la rue Monsieur. Elle a dit que tout le monde devrait y aller, et que ça changerait bien des choses dans la classe, parce que c'est une école où on apprend à se tenir droit, à fermer la bouche quand on mange et à ne pas mettre ses coudes sur la table

Jean-Louis a dit qu'il ne savait pas qu'il fallait fermer la bouche en mangeant, et que ça ne devait pas être commode pour parler avec son voisin.

Brice avait visité le commissariat de police de son quartier, mais il avait été déçu, parce que les commissaires n'avaient pas d'uniforme. Jack était allé au centre Pompidou, à Beaubourg.

– Il y a plein d'escaliers roulants, et des tuyaux de toutes les couleurs, comme dans une usine, il nous a raconté. *Les gardiens ont*

des cheveux longs comme des filles, et ils crachent du feu devant l'entrée.

Rachida avait visité l'école des demoiselles de la Légion d'honneur, qui est dans une forêt, pas très loin du château de Versailles. Elle nous a dit que c'était bien parce que c'était une école où il n'y avait que des filles, et qu'elles étaient bien habillées, avec des blouses bleu marine et des ceintures de toutes les couleurs.

Dominique avait visité la Bourse. Il paraît que c'est un palais, avec des grandes colonnes, et une corbeille avec des gens qui sont payés pour pousser des cris autour.

La maîtresse a demandé à François ce qu'il avait visité et au début, il n'osait pas répondre. Comme elle a insisté, il nous a dit qu'il était allé dans une grande abbaye, à Solesmes, et qu'il avait déjeuné avec les moines, même que quelqu'un leur lit un livre pendant les repas en chantant.

Philippe avait été à Saint-Denis, dans une grande église, où il y a de beaux tombeaux, où sont enterrés les rois de France. Il s'était allongé à côté de celui de Saint Louis, mais il avait fallu qu'il se relève, parce qu'un garde l'avait grondé.

Jean-Marie avait visité un bateau qui s'appelle *La Belle Poule*. Il a dit qu'il avait appris un chant de mer, et qu'il allait nous le chanter, mais la maîtresse lui a dit que ce n'était pas la peine, et Jean-Marie a dit que c'était toujours la même chose, et qu'on ne le laissait jamais s'exprimer.

Olivier avait été à la campagne, pour visiter le bureau de poste où on avait arrêté Louis XVI, à Varennes. Il a dit que les rois étaient des lâches qui ne faisaient que se sauver pour fuir la colère des peuples et profiter de leurs privilèges, et que lui, quand il serait grand, lui aussi, il serait postier.

Alors Philippe lui a donné un coup de poing sur le nez.

– *C'est de la part du roi Louis XVI,* il a dit.

– *Ah ! ça ira, ça ira, ça ira !* a répondu Olivier, mais il n'a pas pu continuer parce qu'il saignait du nez.

– *À la Bastille, on l'aime bien, Nini Peau d'Chien,* a commencé Jean-Louis.

– *C'est Jean-Françouais de Nantes, Ouaih, Ouaih, Ouaih,* a entonné Jean-Marie.

La maîtresse s'est fâchée tout rouge, et elle a dit qu'elle allait les envoyer chez le directeur.

Nous, on rigolait bien et ça ne nous a pas fait peur, parce que le directeur, on savait qu'il était parti très loin refaire sa vie pour oublier toutes ces années où il s'est dévoué, mais on a arrêté parce qu'on l'aime bien, la maîtresse, elle est chouette, et on ne voulait pas qu'elle supprime la sortie de classe.

Alors, Ségolène a raconté qu'elle était allée dans une salle de concert qui s'appelle l'Olympia, qu'elle avait mis des lunettes noires, et qu'elle était montée sur scène pour chanter, et que les visiteurs disaient qu'elle était très belle et qu'ils l'avaient applaudie à la fin.

Laurent, il n'avait pas pu y aller, à la journée du patrimoine, parce que justement, ce jour-là, il était obligé de faire visiter le château de son grand-père, celui où il y a des armures de chevaliers, un donjon et des oubliettes.

Hervé non plus, il n'avait rien visité, parce que ses cousins l'avaient emmené faire des auto-tamponneuses à la fête à Neu Neu, et il a dit que c'était plus drôle que de visiter un musée.

Nicolas, lui, il était allé à la galerie des Glaces, à Versailles. Il a dit qu'il y avait encore plus de miroirs qu'au Jardin d'acclimatation, et qu'au moins, ils n'étaient pas déformants et ne vous donnaient pas l'impression d'être un

nain. Il a dit que là-bas, tout le plafond était peint pour montrer que c'était le roi Louis XIV qui avait tout fait, et qu'il avait raison, parce que ce qu'on ne fait pas soi-même, souvent, ce n'est pas fait ou c'est mal fait.

Le petit Nicolas à l'Élysée

Quand le jour du Patrimoine est arrivé, on se demandait tous ce que serait la surprise de la maîtresse. Et c'est vrai qu'elle nous a épatés, parce qu'elle nous a dit qu'on allait visiter le palais de l'Élysée, et que c'était là où habitait le président de la République. Moi, je ne savais pas si ça aurait plu à mon papa, parce qu'il dit toujours que le président ne fait rien que boire des bières en regardant de gros messieurs japonais à la télé. Maman dit qu'elle a une amie qui connaît une cousine de sa femme, et qu'elle a bien du mérite de le supporter.

– *De toute manière,* dit papa, *elle ne doit pas le voir souvent, cavaleur comme il est.*

J'ai demandé à papa ce que ça voulait dire, et si le président montait souvent à cheval pour passer ses troupes en revue, mais maman s'est fâchée tout rouge et elle a dit qu'on n'avait pas idée de parler comme ça devant le petit. Papa avait un drôle de sourire, et il m'a dit que, plus tard, je comprendrais.

Après, la maîtresse nous a expliqué qu'il fallait que l'on soit bien sages, parce que c'était un lieu chargé d'histoire. Philippe a dit que c'était mieux du temps des rois parce qu'ils habitaient Versailles et Ségolène a dit que l'Élysée, elle connaissait, parce qu'elle y était allée une autre année avec son oncle François, mais ce n'était peut-être pas vrai, parce que Ségolène, elle aime bien faire son intéressante, et elle dit souvent n'importe quoi. Nicolas avait l'air tout drôle. Il avait les yeux brillants et il s'était redressé sur sa chaise comme quand le Bouillon entre dans la classe pour nous rendre nos carnets. François a levé le doigt, il nous a tous regardés comme s'il était gêné de parler. Il a demandé s'il fallait mettre une cravate. La maîtresse lui a répondu que non, et c'était déjà bien parce qu'il était très bien peigné. Jean-Louis a dit que ce qui serait chouette, ce serait d'apporter des sandouiches au poulet pour faire un pique-nique dans la cour. Alors Nicolas lui a dit que c'était pas un square, que c'était le palais du chef de l'État. Alain taillait ses crayons sans rien dire. Il préparait son cartable. Il nous a dit qu'il faudrait prendre des notes parce qu'il ne fallait jamais rater une occasion de s'instruire. Il n'est pas très rigolo, Alain, même que

dans l'autobus, quand on a chanté en tapant dans les mains, il avait l'air contrarié parce que ça l'empêchait de se concentrer.

À chaque fois que le bus s'arrêtait, on demandait à la maîtresse si on était arrivés. Hervé et Jean-Louis descendaient par une porte, et ils remontaient par l'autre. Quand on est arrivés à l'Élysée, la maîtresse nous a fait mettre en rang sur un trottoir où il y avait des policiers en uniforme noir, avec un gros ruban rouge qui leur passait sous le bras. Nous, on leur a fait le salut militaire en marchant au pas cadencé.

– *Han, dei, han, dei,* disait Jean-Marie.

Il n'y avait qu'Hervé qui ne jouait pas, il suivait les mains dans les poches en sifflotant.

On est arrivés devant une grande porte, où il y avait deux militaires dans une petite maison en bois blanc. La maîtresse a dû donner beaucoup de papiers à une dame, et elle nous a dit d'arrêter de faire les guignols, parce que les choses sérieuses allaient commencer.

Après, ça a été terrible. On est tous passés entre deux grandes cloisons noires, et on a dû poser nos cartables sur un tapis roulant, pour que les policiers puissent vérifier qu'on n'était pas de dangereux gangsters qui voulaient assassiner le président, ou lui voler ses jouets. On a traversé une cour d'immeuble, avec un tapis rouge sur les pavés. Il y avait plein de voitures noires, et un orchestre de l'armée, avec des chapeaux à plume, qui jouait de la musique militaire. Hervé s'est approché des grosses voitures, et il regardait à l'intérieur en collant le front sur les vitres parce qu'elles étaient en verre fumé. Nicolas est passé devant les soldats très lentement, c'était bizarre, parce qu'il les regardait droit dans les yeux, comme s'il les connaissait. Personne ne disait rien, et Jean-Marie regardait le drapeau qui était au-dessus du toit avec l'air de rêver. Au bout du tapis rouge, il y avait des messieurs avec un habit noir et blanc, et un collier en or autour du cou.

Jean-Louis a dit qu'ils étaient déguisés en pingouins, mais Laurent lui a dit qu'il n'y connaissait rien et que chez son grand-père, c'était comme ça que les serviteurs étaient habillés. Ségolène a dit que c'était pas juste, parce que c'était que

des garçons, alors que les colliers, normalement, c'était pour les filles.

– *Ce sont des huissiers,* a dit Alain en les montrant du doigt. *Ils sont là pour nous faire visiter le palais.*

Mais la maîtresse l'a grondé, et lui a dit qu'on ne parlait pas comme ça des grandes personnes. Alors, Alain a pris l'air triste et il a dit que c'était pas juste, parce qu'il était sage et bon élève, et que c'était pareil que dans les autres écoles, et qu'il se faisait toujours attraper.

La maîtresse lui a dit de se taire, et qu'elle attendait de nous une discipline impeccable. Nous, on n'était plus vraiment en rang, parce qu'il y avait beaucoup de monde, et que c'était difficile de rester tous ensemble. Dominique et Jean-Louis faisaient un concours de saut dans l'escalier. Laurent regardait les statues, les vieux meubles et les beaux tableaux avec les mains derrière le dos et un air un peu dégouté.

– *C'est bath,* a dit Jack.

– *C'est du meuble meublant,* a répondu Laurent. *Cela n'a rien d'extraordinaire.*

Nous, on n'a pas bien compris ce qu'il disait, mais c'est vrai que Laurent s'y connaît en meubles, parce que son père en vend de très vieux dans un hôtel, et qu'il est très gradé, puisqu'il paraît qu'il est même commissaire.

On est allés dans une grande salle toute rouge, avec des colonnes dorées et des grands miroirs sur les murs. Alain a demandé à la maîtresse combien elle faisait de mètres carrés. La maîtresse a dit qu'elle ne savait pas, et qu'il posait de drôles de

questions, et Alain a pris l'air encore plus triste que d'habitude. Quand on est ressortis, on a vu Ségolène qui était montée en haut d'un grand escalier. Elle levait ses bras, et elle envoyait des baisers aux gens qui passaient. Tout le monde la regardait en riant, mais elle, elle ne riait pas du tout, elle se regardait dans un des miroirs et elle se saluait.

On est entrés dans une grande salle-à-manger, où il y avait une table immense, avec une nappe qui descendait jusqu'au sol.

– *C'est le salon Murat,* a dit la maîtresse.

– *Poil au rat !* a dit Jean-Louis.

Alain a sorti de sa poche un petit carnet, et il a écrit ce que la maîtresse disait.

On était très serrés dans la salle, il y avait beaucoup de papas et de mamans qui étaient venus visiter, même qu'ils disaient qu'on était sages et qu'on avait l'air de s'intéresser. Ce qui ne leur a pas trop plu, c'est quand Philippe est sorti de sous la table, suivi par Jean-Marie qui le poursuivait en disant :

– *Gare au gorille, je vais t'attraper !*

Alors, la maîtresse s'est fâchée, et elle nous a dit que c'était une honte et de nous regrouper en silence dans l'entrée. Nous, on a obéi bien sagement, parce qu'elle est chouette la maîtresse, et on n'aime pas quand elle s'énerve, et surtout quand elle nous fait de bonnes surprises, comme de visiter le palais de l'Élysée. Mais elle, elle est devenue toute blanche quand elle a vu qu'il en manquait.

On a cherché partout Nicolas, Michèle, et Rachida. Même François, qui ne fait jamais de bêtises avait disparu. On a fait des équipes, et chacun est parti dans une direction différente pour les rechercher.

Moi, j'étais avec Ségolène, et on a décidé de monter au premier. Il y avait beaucoup de grandes portes blanches avec des panneaux où il était marqué : entrée interdite. On a regardé dans tous les couloirs, mais on n'a rien trouvé. Alors, Ségolène a poussé une porte qui était en haut du grand escalier, et c'est là qu'on a été étonnés. Il y avait des tapisseries sur les murs, comme dans le château-fort que j'ai visité avec mon oncle Antoine l'été dernier, des grands rideaux, des bibliothèques pleines de vieux livres et beaucoup de fauteuils dorés. Dans les fenêtres, on voyait un grand jardin, avec des pelouses plus belles que celles du square qui est en face de la mairie. Il y avait un grand bureau avec des sculptures dorées et une lampe avec un abat-jour vert. Derrière le bureau, il y avait Nicolas, qui tenait un gros stylo, et qui parlait avec François, Michèle et Rachida, qui étaient assis de l'autre côté dans les fauteuils, comme des grands, avec les jambes croisées. Moi, je ne savais plus quoi dire, parce que Nicolas me faisait penser à Monsieur le directeur, quand on va dans son bureau parce qu'on a fait les marioles dans la classe. Il s'est retourné vers nous d'un air fatigué en nous disant :

– *Qu'est-ce que c'est ?*

Ce que je n'ai pas compris, c'est que Ségolène le regardait sans rien dire, et qu'elle pleurait.

Le mardi, on a gymnastique

Le mardi, à l'école, on a gymnastique. On a le droit de sortir de la classe même si ce n'est pas la récréation et avec monsieur Gasiglia, on reste dans la cour et parfois même, on met des tapis bleus et rouges sous le préau. Ce qui est chouette avec ces tapis, c'est qu'ils sont confortables et que l'on peut tomber dessus sans se faire mal. Monsieur Gasiglia (c'est notre prof de gym, et c'est vraiment comme ça qu'il s'appelle, parce qu'on n'oserait pas lui donner un surnom), il nous apprend à faire des roulades en avant et en arrière, sauf Alain, qui n'y arrive jamais, et qui tombe toujours sur le côté. Il installe parfois aussi une grosse poutre et nous, on marche dessus en étendant les bras comme le funambule que j'ai vu au cirque Pinder, avec ma tante Irma. Ce qui est difficile, c'est quand on doit grimper à la perche seulement avec les mains, ou quand il faut faire des roulades sur le cheval-d'arçons. Les jours où c'est la composition de gymnastique, monsieur Gasiglia installe deux poteaux avec un fil rouge, pour le saut en hauteur. Il y a un gros matelas bleu derrière parce qu'on retombe toujours sur les fes-

ses ou sur le dos. Brice, Philippe et Laurent, comme ils ont des grandes jambes, ils passent en ciseau. Nicolas, il préfère se jeter la tête en avant. C'est aussi comme ça que saute Jean-Louis, mais il ne sait pas très bien faire, et il renverse toujours les poteaux. La plus forte, c'est Rachida, elle ne touche jamais le fil rouge, et on dirait qu'elle vole. Quand elle se retrouve sur le matelas, elle nous regarde avec un grand sourire, et moi je trouve qu'elle a de beaux yeux noirs et que le short lui va bien. Au lancer de poids, il faut envoyer le plus loin possible une boule de pétanque, après avoir pris son élan en tournant sur soi-même. C'est Jean-Marie qui gagne toujours, parce qu'il est le plus fort, alors qu'il est nul en saut en hauteur. Quand il lance la boule, on dirait un gorille qui danse, et il pousse toujours un grand cri, comme s'il était un bûcheron :

– *Han !* fait Jean-Marie.

– *Hi-han,* répond Philippe, et il lui fait des oreilles d'âne en rigolant.

Alain, il n'aime pas trop ces exercices, et il a souvent un mot de sa maman disant qu'il faut qu'il soit dispensé de gymnastique, même que monsieur Gasiglia n'est pas content.

Ségolène, elle n'est pas très forte en gym, mais elle aime bien les examens, parce que tout le monde la regarde, et que l'année dernière on l'applaudissait à la fin. Nicolas est toujours content quand il y a gymnastique, il ne se change pas comme

nous dans le vestiaire, il arrive le matin en survêtement. Il a de beaux maillots noirs avec de grosses lettres blanches, où il est écrit NYPD. D'autres où il y a écrit UCLA. Nous, on ne savait pas ce que ça veut dire, mais il nous a dit que c'était son oncle qui les lui avait rapportés des États-Unis. Nicolas dit toujours que c'est mieux en Amérique parce qu'on fait beaucoup plus de sport à l'école, et qu'on se prépare mieux à un véritable métier, comme par exemple pompier, boulanger ou cosmonaute.

Parfois, il a un maillot bleu avec un coq et son nom qui est écrit derrière. Il nous a dit que c'était son grand-père qui le lui avait offert pour Noël, et que c'était le même que celui de Just Fontaine et de Raymond Kopa. Souvent, je dis à maman que Nicolas a de la chance, parce qu'il a toujours de chouettes jouets et des vêtements brillants, et que sa famille a fait le tour du monde.

– *L'important n'est pas là,* dit maman, et comme pour me consoler, elle me fait un câlin et qu'elle sent bon la lavande, je trouve que c'est moins grave.

– *Aujourd'hui,* a dit monsieur Gasiglia, *nous allons faire de la course à pied au stade.*

Nicolas avait l'air rudement content, parce que, à la course, c'est toujours lui qui gagne.

Dans le car pour aller au stade, il nous racontait qu'il partait souvent avec son papa le dimanche matin pour courir dans la forêt.

– *Moi ce que j'aime le dimanche*, a dit Jean-Louis, *c'est de rester au lit à lire des illustrés jusqu'à l'heure du déjeuner, même que maman veut bien que je mange mes tartines dans ma chambre.*

– *C'est antihygiénique de traîner au lit, et encore plus de manger allongé,* a dit Michèle.

– *Quand je fais du vélo,* a expliqué Alain, *je mets toujours mon casque, parce que mon papa dit qu'on n'est jamais à l'abri d'une chute.*

– *Les casques, c'est pour les motos,* a dit Laurent. *D'ailleurs, mon père a dit qu'à quatorze ans, il me donnerait un joli scooter pour aller à l'école.*

– *Et pourquoi pas un cheval ?* lui a dit Dominique.

– *Moi, dans mon village,* a dit Rachida, *personne ne met de casque, même sur les motos, et ce qui est chouette, c'est qu'on peut monter à plein d'enfants dessus.*

Philippe a raconté qu'il jouait au croquet dans son jardin, avec des maillets, des boules et des arceaux, mais nous, on ne connaissait pas les règles, et on n'a pas compris quand il nous a expliqué. Ségolène a dit qu'elle préférait le hoola-hoop, et Olivier a raconté qu'il allait à des matchs de boxe avec son papa.

– *Il n'y a plus que le jokari, aujourd'hui,* a dit Jack. *À la rigueur le diabolo...*

– *Mon grand frère,* a dit Brice, *il dit toujours...*

On n'a pas su ce qu'il disait, le frère de Brice, parce que le car est arrivé et qu'on est sortis en se bousculant.

François n'avait rien dit. En descendant du car, il s'est approché de Nicolas, et il lui a parlé doucement :

– *Moi aussi, j'aime beaucoup courir,* il a dit. *J'aimerais bien venir avec toi le dimanche matin.*

– *Il faut pouvoir tenir le rythme,* lui a répondu Nicolas. *On va voir ce que tu sais faire.*

Monsieur Gasiglia nous a dit qu'il fallait qu'on se mette chacun dans un couloir, et qu'on n'aurait pas le droit de passer les lignes blanches, ni de donner des coups de coude pour gêner nos voisins.

– *C'est une course d'endurance, et vous devrez continuer jusqu'au bout de vos forces,* il nous a expliqué.

Il a sorti une drôle de montre, qui n'avait pas de bracelet, mais avec plein de boutons et il nous a dit de nous mettre à nos marques. Il allait nous chronométrer, et notre temps compterait pour la moyenne. Il avait l'air content en regardant sa grosse montre, comme moi, quand j'ai un nouveau jouet que m'a donné mon oncle Hector.

Normalement, dans les courses, il nous a expliqué, l'arbitre tire un coup de revolver. Mais aujourd'hui, il avait laissé son pistolet chez lui, et il nous donnerait le signal en claquant les mains au-dessus de sa tête.

– *Un vrai pistolet, comme les cow-boys et les Indiens ?* a demandé Jack.

– *Un peu dans le même genre,* a répondu monsieur Gasiglia en se lissant les moustaches.

On s'est installés chacun devant un couloir, et on a mis nos pieds dans les trous qui avaient été creusés en face.

– *À vos marques. Prêts ? Partez !* a dit monsieur Gasiglia.

Alors, ça été terrible. On est tous partis très vite sauf Brice, qui était en train de refaire ses lacets. Il a dû se mettre sur le coté et nous attendre. Jack, il allait et venait de gauche à droite, sans faire attention aux couloirs. Il se mettait même à l'envers, et il courait en marche arrière en rigolant. Jean-Louis faisait l'avion en étendant les bras et en criant :

– *Broum, broum, je vole, attachez vos ceintures !*

Hervé trottinait les mains dans les poches, en regardant en l'air comme s'il cherchait des oiseaux. Rachida, elle était tout en blanc, et on avait l'impression qu'elle dansait, on aurait dit une gazelle, comme celles que j'ai vues au zoo de Vincennes.

Nicolas, il avait l'air sérieux, et il respirait en cadence, en soufflant comme la Cocotte-Minute de maman. Il avait pris la tête, avec François juste derrière.

La première qui s'est arrêtée, ça a été Ségolène, parce qu'elle a dit qu'elle avait une crampe inexplicable, et qu'il faudrait peut-être faire venir un docteur.

– *Par hélicoptère ?* a demandé monsieur Gasiglia. Il n'avait pas l'air très inquiet, et il lui a dit d'aller s'asseoir, mais qu'elle n'aurait pas une très bonne note.

Dominique et Jean-Marie étaient tout rouges, et ils soufflaient très fort parce qu'ils sont un peu gros. Ils se sont arrêtés de l'autre coté du stade, et ils ont fait semblant de pas entendre monsieur Gasiglia, qui les traitait de mollassons. Il n'avait pas vu que Jean-Louis s'était arrêté, lui aussi, et qu'il s'était allongé derrière un gros matelas de mousse, qui servait pour le saut à la perche, pour reprendre la course quand il se serait reposé.

– *Sale tricheur,* lui a dit Michèle.

– *T'as d'beaux yeux, tu sais,* lui a répondu Jean-Louis.

Michèle, elle courait bizarrement, en faisant de petits sauts avec les points serrés et en levant très haut les jambes, comme si elle pédalait sur un vélo.

Alain s'est arrêté au bout du deuxième tour, et il a dit à monsieur Gasiglia que ce n'était pas raisonnable de jouer avec la résistance des enfants, qu'il prenait des risques énormes et qu'il devrait s'en rendre compte. Monsieur Gasiglia avait l'air mécontent, il s'est fâché tout rouge et il l'a traité d'insolent, il lui a dit d'aller se rhabiller au vestiaire.

Laurent, il continuait à courir, il n'avait pas l'air fatigué, mais il allait doucement, comme si ça l'ennuyait un peu.

Au bout de quelques tours, tout le monde avait arrêté, même Rachida, Jack, Philippe, Hervé et Laurent. Sur la piste, il ne restait plus que Nicolas et François.

– *Toujours pas fatigués ?* leur a demandé monsieur Gasiglia.

Nicolas et François lui ont fait signe que non, et ils ont continué à courir.

À la fin, monsieur Gasiglia avait l'air embêté, parce qu'il trouvait que c'était trop long. Il a sifflé la fin de la course et leur a dit qu'ils avaient pulvérisé le record de l'école.

Nicolas a serré le poing et il souriait d'une oreille à l'autre.

On n'a pas pu savoir si François était content d'être un champion, parce qu'il s'est allongé sur le sol. Il était blanc comme un linge, il avait du mal à parler, et son maillot était trempé de transpiration. Il était décoiffé, presque comme Jean-Louis, et on ne le reconnaissait plus. Quand il s'est évanoui, monsieur Gasiglia lui a fait du bouche-à-bouche. Mais comme il n'arrivait pas à le réveiller, il a fallu faire venir l'ambulance pour le conduire au service de réanimation.

Nous, on a trouvé qu'il avait trop de chance, parce que, quand elle est partie, l'ambulance a allumé sa lumière bleue, et elle a foncé vers l'hôpital entre les voitures avec sa sirène qui faisait pin-pon.

Il est triste, Brice

Aujourd'hui, à la récré, on a joué au ballon prisonnier. Nicolas a désigné son équipe. Il a pris François, Michèle, Jean-Louis, Hervé, Alain et Rachida. Michèle, elle aurait bien voulu être capitaine, mais ça lui a tout de même fait plaisir que Nicolas lui demande. Jean-Louis, il a dit qu'il fallait d'abord qu'on se mette d'accord sur la tactique, mais Nicolas lui a dit que s'il préférait rester sur la touche, il n'avait qu'à continuer à discuter. Jean-Louis n'a pas insisté parce qu'il ne voulait pas se retrouver remplaçant. François a eu l'air très étonné que Nicolas le désigne, et je ne suis pas sûr qu'il avait très envie de jouer, mais il n'a pas osé refuser. Rachida a fait un grand sourire, et elle est allée sur le terrain en dribblant avec le ballon. Elle était chouette, on aurait dit les grands qui jouent au basket sur le stade, en face de l'immeuble d'Olivier. Ce qui nous a surpris, c'est que Nicolas ait choisi Alain, parce qu'Alain, normalement, il n'aime pas trop courir dans la cour, et qu'il dit souvent qu'un accident est bien vite arrivé, et qu'il pourrait salir son pantalon de velours ou se faire des écorchures en tombant.

Dans l'équipe de Ségolène, on avait l'impression qu'ils n'avaient pas tellement envie de jouer ensemble. Laurent a demandé si Ségolène se sentait bien capable d'être capitaine, parce que les filles ne sont pas toujours très bonnes au ballon. Il a même dit que dans l'équipe de polo de son grand frère, on

n'acceptait que les garçons, et que c'était pareil dans les compétitions de boxe française et au tir au pigeon qui est à côté du château de son grand-père. Dominique a dit que Laurent avait raison et que lui, il ferait un meilleur capitaine, parce qu'il aimait bien passer la balle à tout le monde, alors que Ségolène, elle la gardait toujours pour elle. Quand il disait ça, il souriait en montrant ses dents blanches et il plissait les yeux comme un acteur de cinéma. Olivier a dit qu'on n'avait pas besoin de capitaine, et qu'on serait plus forts si tout le monde commandait en même temps.

Philippe et Jean-Marie n'avaient été choisis par personne.

– *C'est parce que je sens le pâté ?* a demandé Jean-Marie.

– *Les Bretons, ça sent toujours un peu le hareng,* lui a répondu Philippe.

Alors, Jean-Marie lui a donné un coup de poing sur le nez, et Philippe lui a couru après pour lui faire un croc-en-jambe. Ils avaient l'air de bien s'amuser sans avoir besoin de jouer au ballon.

Celui qui était bien triste, c'était Brice, parce que Ségolène avait dit qu'elle ne voulait pas de lui, parce qu'il suivait toujours Nicolas et qu'il lui donnait toujours raison. Mais Nicolas lui a dit qu'il avait déjà trop de monde et qu'il serait seulement remplaçant.

Moi, je trouvais que c'était pas juste, parce que Brice, tout le monde l'oublie. Il n'était pas là l'année dernière, parce qu'il habitait Nice, et il dit souvent qu'il est content d'être dans cette école, mais on ne lui parle jamais, et on a toujours l'impression qu'il vient d'arriver et qu'il ne connaît personne. Parfois, il commence des phrases, mais comme personne ne l'écoute, il s'arrête au milieu et il part sans rien dire en baissant la tête.

Jack aussi était sur la touche, et il faisait celui à qui ça ne fait rien, il souriait en regardant au loin, mais je pense qu'il était un peu triste que Ségolène ne lui ait pas demandé de venir dans son équipe.

Avant que la partie commence, Alain a expliqué que le ballon prisonnier était un jeu qui exigeait de la méthode, et qu'on pouvait le jouer selon trois règles, la française, l'anglaise et la bavaroise, et qu'il fallait se mettre d'accord à l'avance.

– *C'est parti mon kiki !* a dit Jean-Louis en jetant la balle sur Laurent.

Laurent a réussi à la rattraper d'une main, il a fait un petit sourire en baissant les paupières, et il l'a envoyé à toute force sur la tête d'Alain.

Alain, il ne s'y attendait pas vraiment, parce qu'il lisait une fiche où il avait marqué les trois règlements du jeu de ballon. Il est tombé à la renverse, et il a déchiré son pantalon.

– *Un à zéro !* a crié Ségolène en levant les bras.

– *C'est un peu grâce à moi*, a dit Laurent en souriant.

– *C'est pas du jeu*, a dit Nicolas. *On n'avait pas encore commencé la partie. Alain doit rester sur le terrain.*

– *Sûrement pas,* a dit Dominique, *la règle, c'est la règle.*

Alain, de toute façon, il était déjà parti en boitant, il n'avait pas l'air de vouloir continuer à jouer au ballon.

– *J'ai le droit de faire entrer un remplaçant,* a dit Nicolas.

– *N'importe quoi !* a dit Laurent.

Celui qui avait l'air tout content, c'était Brice. Il s'est levé de son banc et a commencé à courir sur place, pour s'échauffer avant d'entrer sur le terrain.

Ce qui nous a étonnés, c'est que Nicolas s'est tourné vers Jack.

– *Jack, c'est toi qui vas remplacer Alain.*

– *Waouh !* a crié Jack, et il a couru prendre le ballon, et il l'a lancé à toute volée sur Laurent.

Brice s'est rassis sans rien dire. Il avait l'air bien triste. Parce que Nicolas, il le connaît depuis longtemps. Les grands disent qu'on appelle ça un ami d'enfance.

On a nettoyé la forêt

C'est grâce aux arbres qu'on peut respirer, m'a expliqué papa. Ce sont un peu nos poumons.

Hier, Monsieur le maire est venu dans la classe avec le Bouillon pour nous dire la même chose. Il nous a parlé de la forêt qui est à côté du stade et il a dit qu'il fallait que nous en prenions soin comme si c'était notre jardin.

– *Chez moi, il y a un jardinier qui s'occupe de notre parc,* a dit Laurent. *Il s'appelle Albert et il m'a dit qu'il m'expliquerait comment construire une ruche et fabriquer du miel.*

– *Moi, mon papa dit toujours qu'on est mieux en ville,* a dit Dominique. *C'est plus pratique pour aller au cinéma et au restaurant.*

– *La terre, elle ne ment pas,* a dit Jean-Marie.

On n'a pas très bien compris ce qu'il voulait dire, mais comme il a dit ça comme on récite un poème, on s'est dit qu'il avait peut-être raison, même si ce n'était pas le moment de le dire tout fort.

– *Moi, j'ai fini mon herbier,* a raconté Alain. *Il comporte 362 espèces.*

– *Espèce de gland !* a dit Jean-Louis.

– *Le gland est le fruit du chêne,* a répondu Alain en haussant les épaules. *On reconnaît cet arbre à ses feuilles dentelées.*

Alors, la maîtresse s'est fâchée et elle a grondé Alain, en lui disant qu'il pourrait se taire quand il y avait Monsieur le maire dans la classe.

– *Il est maire de quel arrondissement ?* a demandé Laurent.

– *Moi, je trouve que ce n'est pas juste que les maires soient toujours des garçons, comme les directeurs et les militaires,* a dit Ségolène. *Parce qu'il n'y a pas de raison.*

– *Garçon ou fille, ça ne doit pas entrer en ligne de compte*, a dit Michèle. *Ce qui est important, c'est la compétence.*

– *Oui, mais à quoi voit-on qu'un maire est compétent ?* a demandé Dominique

– *Celui qui gagne l'élection, ça prouve que c'est lui le plus compétent*, a dit Nicolas.

Olivier a dit que son papa disait toujours que les élections ne servaient à rien, et que sinon elles auraient été interdites depuis longtemps.

– *Mon papa*, a dit Brice…

On n'a pas su ce que pensait le papa de Brice, parce que le Bouillon s'est mis à crier très fort, et nous a dit que toute la classe allait être en retenue si on continuait à parler comme si Monsieur le maire n'était pas dans la classe.

Monsieur le maire, depuis un moment, il nous regardait sans rien dire, avec la bouche ouverte et un œil rond. Nous, on a arrêté de faire les marioles parce que la maîtresse avait l'air tout triste qu'on ne soit

JOURNÉE
FORÊT
PROPRE

pas sages et qu'on n'aime pas lui faire de la peine. Monsieur le maire, il s'est redressé, il a reboutonné son veston et il a recommencé à faire des sourires en disant :

– *Ce n'est rien. J'ai l'habitude de la contestation. Il faut savoir accepter le débat.*

Il nous a expliqué ce qu'on allait faire en nous montrant des sacs en plastique blancs et des grosses pinces.

– *Vous allez mettre en œuvre vos réflexes citoyens, parce que ce monde est le vôtre,* il a dit. *Demain, c'est la journée Forêt propre, et vous allez être chargés de nettoyer un secteur qui sera placé sous votre responsabilité, sous la surveillance du Bouill... je veux dire de monsieur Dubon. Un seul mot d'ordre : le respect. Respect de la nature et respect de chacun, tout cela va ensemble.*

Il faisait des grands gestes en ramassant avec sa pince des papiers qu'il avait lancés par terre, et qu'il remettait dans son sac avec la pince. Ce qui nous a étonnés, c'est qu'il a fait ça plusieurs fois, alors qu'il aurait pu simplement les laisser dans le sac, et que la classe serait restée propre s'il ne les avait pas jetés par terre.

Le Bouillon nous a dit que ce serait un peu comme une sortie de classe, et qu'on allait bien s'amuser et prendre l'air, parce que le contact de la nature forme la jeunesse et qu'une promenade vaut mieux que tous les livres. Il nous a dit de préparer un pique-nique, et de le mettre dans nos sacs à dos.

Quand on s'est retrouvés dans la forêt, le lendemain, on n'était pas très contents, parce qu'il pleuvait, qu'il faisait froid, qu'il y avait beaucoup de feuilles par terre, et que ça allait être difficile de trouver des papiers gras. Il y avait beaucoup de bruit, parce que la forêt était à côté de l'autoroute, et que les voitures allaient très vite. Sur tous les chemins, il y avait des poubelles, et je crois que les gens avaient bien écouté Monsieur le maire, parce que toutes les saletés étaient dedans.

On a cherché longtemps, en soulevant les tas de feuilles avec nos pieds en marchant. Mais malheureusement, la forêt était déjà propre, alors que c'était seulement aujourd'hui l'opération.

– *Ne nous décourageons pas,* a dit le Bouillon.

Il avait un grand manteau vert imperméable, qui ne s'enfilait que par la tête, et qu'il avait eu quand il était militaire ; on ne voyait même pas ses mains. Il nous a expliqué qu'on devait être « opérationnels », et il a nommé deux chefs d'équipe, Jean-Louis et Alain.

– *Formation en tirailleur !* a dit le Bouillon. *Tout le monde en ligne, et en avant ! Le premier qui aperçoit un papier gras donne l'alerte.*

– *Je suis fatiguée et je vais attraper froid,* a dit Ségolène.

– *On n'est pas des grenouilles,* a râlé Philippe.

Rachida était toute mouillée, mais comme elle est un peu timide, elle ne disait rien. Elle tremblait, et moi, j'avais envie de lui donner mon manteau ou de la prendre dans mes bras.

– *C'est l'avantage du duffle-coat,* a dit Laurent : *chaud et confortable.*

Jean-Marie avait un ciré, et il disait qu'il ne pleuvait même pas. Que la vraie pluie, c'est en Bretagne, qu'ailleurs, ça ne compte pas et que, de toute façon, un Breton, c'est imperméable.

Jack avait un manteau incroyable, qui se roulait en forme de banane pour s'accrocher comme une ceinture autour de soi.

Le problème, c'est qu'il était difficile à enfiler, parce qu'il ne trouvait pas toujours les bras, et qu'ensuite l'eau tombait tout de même à l'intérieur.

– *C'était un soir, la bataille de Reischoffen,* chantait Michèle en marchant au pas comme un soldat.

– *Il me semble que ce sont des cumulo-nimbus,* disait Alain.

– *Je pense que si l'on ne trouve pas de papier gras,* a dit Brice…

C'est à ce moment-là que Nicolas a donné l'alerte. Devant lui, à vingt pas, il y avait deux bouteilles vides, du papier d'aluminium, un mouchoir sale, et un bâton de sucette. Au milieu, il y avait Jean-Louis, qui mangeait son paquet de chips en rigolant.

Nous, on était rudement fiers, et on a appelé le Bouillon pour lui dire qu'on avait trouvé un trésor.

Ce qui est bizarre, c'est qu'il n'avait même pas l'air content, le Bouillon. Il ne nous a pas félicités et il a dit à Jean-Louis qu'il était désespérant.

On va chanter chez les vieux

Maman a dit à papa que ça prouvait que c'était une bonne école. Parce que samedi prochain, on va tous aller à la résidence des Clématites pour chanter chez les vieux.

Pour bien nous préparer, la maîtresse a supprimé les cours de géographie et de leçon de choses. Comme ça, on aurait le temps d'apprendre des chansons.

– *Que ceux qui savent de jolis chants lèvent le doigt, et ils viendront au tableau pour les apprendre à leurs camarades.*

On a tous levé le doigt en même temps, et la maîtresse a dit qu'on devrait chanter à tour de rôle, et seulement le début de notre chanson, et qu'on déciderait ensuite de celles qu'on irait chanter à la maison de retraite.

Nous, on était sûrs que Jean-Marie allait encore vouloir chanter des chansons de marine, avec des fameux trois-mâts, et des mousses qui sont tirés à la courte-paille pour savoir qui, qui, qui sera mangé. Ce qui nous a surpris, quand il est venu au tableau, c'est qu'il s'est mis à danser en chantant

– *Y a d'la joie, bonjour, bonjour les hirondelles !*

La maîtresse a dit que c'était touchant, mais que ce serait peut-être déplacé, parce que les vieux étaient très fatigués, et qu'il fallait plutôt une chanson douce, comme celles que chantent les mamans.

– *Ce soir, je serai la plus belle pour aller danser,* a proposé Ségolène.

– *Je m'voyais déjà, en haut de l'affiche,* a repris Dominique.

– *Je suis un homme, je suis un homme, quoi de plus naturel en somme,* a dit Jack.

– *Moi, j'retourne ma veste, toujours du bon côté,* a lancé Hervé.

– *Je vais m'en fourrer, fourrer jusque-là !* a chanté Jean-Louis.

La maîtresse a dit qu'ils n'avaient pas idée, et qu'il fallait des chansons plus sérieuses, pour que les vieux aient une bonne opinion de la classe.

Laurent a dit que ce qui serait bien, ce serait de chanter un air d'opéra, et que lui, il en connaissait un sur un toréador qui prend garde à soi.

– *Figaro-ci ! Figaro-là ! Comment voulez-vous que je fasse ?* a chanté Nicolas.

Rachida a dit que ce serait peut-être plus simple et plus gentil de raconter une histoire, et qu'elle, elle pourrait dire celle de la petite marchande d'allumettes ou celle des petites filles modèles.

Alain a dit que c'était une bonne idée, et qu'il pourrait expliquer aux vieux qu'ils avaient bien de la chance, parce qu'on ne pourrait pas financer très longtemps le système de santé et les frais de leur hospitalisation.

Nous, on n'a pas bien compris ce qu'il voulait dire, ni pourquoi la maîtresse lui a dit qu'il était insupportable. Parce qu'Alain, il n'est pas très amusant, mais il est toujours très sage.

Philippe a dit qu'il faudrait chanter des chansons de France, qui parlent des provinces, et qu'il en connaissait sur la Vendée par exemple.

– *Prends ton fusil, Grégoire ! Prends ta gourde pour boire !*

Michèle a dit que nous devrions nous rappeler que nous n'étions que des enfants. Elle a dit qu'elle connaissait par cœur *Malbrough s'en va-t-en guerre*, et qu'elle pourrait nous l'apprendre si tout le monde respectait une discipline impeccable et qu'on suivait à la lettre ses instructions.

– *C'est tout de même moi qui commande ici,* a dit la maîtresse, *j'aimerais que tu ne l'oublies pas.*

Ceux qui n'avaient rien dit, c'était Brice et François. Brice a dit qu'il ne connaissait qu'*Il pleut, il pleut bergère,* et qu'il ne se souvenait pas très bien de la fin. Quand François est allé au tableau, il avait l'air d'avoir le trac. Il a failli tomber en montant sur l'estrade. Il a regardé la maîtresse comme s'il avait peur de se faire punir, il a tiré sur son tablier et remis ses cheveux en place. Il a mis ses bras le long du corps et il s'est raclé la gorge. Il a baissé les yeux, et il a commencé à chanter une chanson que personne ne connaissait :

– *Vois sur ton chemin, gamins oubliés, égarés, donne-leur la main pour les mener vers d'autres lendemains...*

Tout le monde s'est tu dans la classe, comme si on avait l'inspecteur.

La maîtresse a regardé François, elle lui a caressé les cheveux, et elle avait la bouche qui tremblait.

François, il avait la même lumière dans le regard que le labrador de mon oncle Jules quand on lui a donné un os.

Nous, on a tous applaudi, parce que c'était rudement beau.

– *On dirait le chant du rossignol,* a dit Rachida.

– *Il chante aussi bien qu'une fille,* a dit Ségolène.

– *J'ai bien fait de le prendre dans mon équipe,* a dit Nicolas.

Alors, la maîtresse lui a demandé de nous apprendre les paroles, et elle a dit que les vieux allaient être rudement contents. François est retourné à sa place, et Nicolas lui a serré la main comme quand le directeur donne le prix d'excellence.

Les choristes

Ça avait été difficile parce que Jean-Louis faisait exprès de faire une grosse voix, mais la maîtresse avait réussi à bien nous apprendre la chanson de François. Elle nous avait dit de venir devant l'école après le déjeuner même si on était samedi et elle avait écrit à maman sur mon cahier de correspondance de mettre un bermuda bleu et une chemise blanche.

Heureusement, j'en avais déjà un, parce que c'était comme ça que j'étais habillé pour le mariage de ma cousine Edwige, dans un très beau château qui n'était pas à elle, même que papa avait dit que c'était un peu trop et qu'elle faisait des embarras. Quand on s'est retrouvés devant l'école, c'était chouette parce qu'on était tous habillés pareil, sauf que Jean-Louis avait un tee-shirt avec une publicité pour Pif le chien et que Laurent avait une cravate et des boutons de manchette. Hervé avait un short blanc et une chemise blanche, il nous a dit qu'il arrivait de son cours de tennis, et que ça l'aurait fatigué de se changer.

Quand on est arrivés aux Clématites, il y avait une grande porte qui s'ouvrait toute seule sans qu'on ait besoin de la pousser. Derrière, il y avait des fauteuils rose et vert avec des fleurs dessus, une petite bibliothèque et des fauteuils roulants. Ça sentait bon la soupe. La maîtresse nous a demandé de l'attendre sagement pendant qu'elle allait régler des détails avec l'administration.

Jean-Louis a vu un fauteuil roulant où il n'y avait personne. Il s'est assis dessus. Il s'est mis à parler comme mon oncle Léonce avec la voix qui tremble. Mais Philippe est passé derrière lui et il l'a poussé dans le couloir en disant :

– *Plus vite, papy.*

Nous, on a fait deux équipes et on s'est mis de chaque côté du couloir. Quand Jean-Louis nous arrivait dessus, on lui faisait faire demi-tour et on le renvoyait à toute vitesse sur l'autre équipe. Ce qui est dommage, c'est qu'une dame habillée tout en blanc s'est aperçue que Jean-Louis était un enfant et qu'il n'était pas malade et elle lui a demandé de descendre immédiatement, je vous prie, est-ce qu'il n'avait pas honte, chenapan.

Quand la maîtresse est revenue, elle nous a dit qu'on chanterait dans la grande salle à manger, et on était un peu déçus, parce que c'était au rez-de-chaussée et qu'on n'a pas pris l'ascenseur. On s'est mis en rang pour faire bonne impression. Alain s'est fait gronder, parce qu'il était resté en arrière à regarder le plan pour compter le nombre de chambres et situer les issues de secours. Il n'a pas de chance, Alain.

Dans le couloir, on a vu un grand monsieur chauve avec une belle canne, une cravate, un bouton rouge sur sa veste et une voix bizarre :

– *Ch'est gentil d'être venus nous voir,* il a dit. *Cha me rappelle de bons chouvenirs, parce que moi, ch'étais toujours premier de la classe.*

– *Moi aussi, je suis toujours premier,* a dit Alain.

RTIE
HONNEUR

UX ANCIENS

– *Ch'est bien mon petit,* a dit le vieux monsieur.

– *Comment vous appelez-vous, mes chenfants ?* a demandé le vieux monsieur.

– *Rachida*, a dit Rachida.

– *Eux, ch'est Franchois et Briche,* a dit Jean-Louis. *Et elle ch'est Missèle.*

– *Michèle, ch'est curieux, comme prénom,* a dit le vieux monsieur. *Cha me rappelle une cuisinière qui était au cherviche de ma tante Hortenche. Moi, che m'appelle Valéry.*

Il nous a dit qu'il allait nous écouter avec ses amis Helmut et Chimone.

Il nous a fait un petit signe, il a passé la main dans les cheveux de Nicolas, et il est parti s'asseoir à sa table.

– *Les chauchettes de l'archiduche-che chont-elles chèches, archichèches ?* lui a crié Jean-Louis, mais je crois que Valéry n'a pas entendu parce que les vieux c'est souvent un peu sourd même que pour mon grand-père, maman dit qu'il fait exprès de ne pas entendre.

– *C'est pas bien de se moquer des vieilles personnes,* a dit Jean-Marie. *Mon grand-père fait encore des kilomètres à vélo et des pompes claquées. Il y a des gens âgés qui sont plus forts que les jeunes.*

Nous, on ne savait pas ce que c'était, des pompes claquées, mais il devait être très fort, le grand-père de Jean-Marie.

Avant de rentrer dans la salle-à-manger, on est tous allés dans une pièce où la maîtresse nous a fait répéter. On faisait tous très attention à bien chanter comme François et même Jean-Louis avait arrêté de faire l'idiot. On était contents parce que la maîtresse nous avait dit que les vieux nous donneraient des pâtes de fruit. On est entrés un par un sur l'estrade et on a salué. Il y avait des vieilles dames qui avaient l'air tout heureuses, d'autres qui parlaient fort sans nous regarder, des vieux messieurs qui se disputaient, ça ressemblait un peu à notre classe.

François s'était mis au milieu. Il avait son col bien fermé et il était encore mieux peigné que d'habitude même que sa maman lui avait mis de la brillantine et que ses cheveux brillaient.

– *Vois sur ton chemin, gamins oubliés,* il a commencé…

Nous, on le regardait, la bouche ouverte. C'était tellement beau qu'on a oublié de chanter.

Ça n'a pas eu l'air trop grave parce que quand François a fini, les vieux nous ont tous applaudis. On a salué comme la maîtresse nous avait appris, parce qu'on voulait bien faire et qu'on espérait qu'on aurait quand même des pâtes de fruit. Un vieux monsieur avec des lunettes s'est approché de nous. Il nous a fait un peu peur, parce qu'il était mal rasé. On avait l'impression qu'il pleurait. Il était en survêtement et en pantoufles. Ce qui est bizarre, c'est qu'il ressemblait drôlement à notre ancien directeur.

L’arbre de Noël

Ce qui est bien, l’hiver, c’est qu’il y a souvent de la neige dans la cour. Même que ce matin-là, on avait fait une bataille de boules de neige et que Brice avait été triste parce qu’il était dans le camp de Nicolas, et que Nicolas s’était trompé et lui avait jeté une boule sur le nez.

Quand la cloche a sonné, Jean-Louis s’est fait gronder parce qu’il était resté au fond de la cour pour ramasser de la neige sur les bancs, et la manger comme si c’était un cornet de glace.

Dans la classe, la maîtresse nous annoncé que cette année elle avait décidé qu’on mettrait un arbre de Noël sur l’estrade, et qu’on ferait une distribution de cadeaux.

– *Est-ce que ce sera un vrai sapin,* a demandé Jean-Louis, *parce que chez nous, maman dit que c’est plus pratique d’en avoir un en plastique. On peut le plier comme un parapluie, et on le garde à la cave pour l’année prochaine.*

– *Ce qui est chouette,* a dit Nicolas, *c’est de mettre de la neige carbonique et des lumières qui clignotent.*

– *Mon père dit qu’un sapin, c’est dépassé,* a dit Jack. *Chez moi, l’année dernière, maman avait acheté un banzaï. C’est un petit arbre japonais, avec des branches tordues. Cette année, elle m’a dit qu’on aurait un bananier mauritanien.*

– *On ne dit pas banzaï, mais bonsaï,* a dit Alain. *C’est un arbre nain cultivé en pot obtenu par atrophie des racines et ligature des tiges et des rameaux.*

– *On ne pourrait pas plutôt faire une crèche ?* a demandé Philippe.

– *C’est toi qui feras l’âne ?* a dit Dominique.

– *Hihan ! Hihan !* a dit Jean-Marie.

Alors, Philippe a donné un coup de poing sur le nez de Dominique.

– *Toi, tu serais parfait pour faire le bœuf,* il a dit à Jean-Marie.

La maîtresse s'est fâchée, et elle a envoyé Jean-Marie au piquet. En allant au fond de la classe, il regardait Philippe en disant doucement : *Hi-han ! Hi-han !*

– *À Noël,* a dit Laurent, *mon papa part toujours chasser le mouflon à Oulan-Bator. Ma maman va à Salzbourg pour acheter des décorations au marché.*

– *On dit Strasbourg, et non pas Salzbourg,* a dit Alain. *La flèche de la cathédrale est la plus haute d'Europe.*

La maîtresse l'a regardé avec de gros yeux et lui a dit que Salzbourg, c'était la ville de Mozart, et qu'il ferait mieux de se taire plutôt que de dire des sottises à ses camarades. Alain a pris l'air triste, comme Sugar, le cocker de mon oncle Anatole, quand il se fait gronder parce qu'il a fait pipi sur le tapis du salon.

– *Moi,* a dit Jean-Louis, *j'aime bien les calendriers avec des chocolats dedans, même que l'année dernière, j'ai ouvert toutes les fenêtres, et j'ai mangé tous les chocolats le premier jour.*

– *Mon papa dit que Noël c'est bon pour les curés et pour les magasins,* a dit Olivier, *mais maman met quand même un sapin pour me faire plaisir.*

– *Chez moi,* a dit Brice, *ce qui est bien…*

On n'a pas pu savoir ce qui était bien chez Brice parce que la maîtresse a dit que maintenant il fallait qu'on se taise parce qu'elle allait nous expliquer ce qu'on allait faire.

– *Vous allez choisir chacun un de vos jouets, que vous donnerez pour l'arbre de Noël, et on fera un tirage au sort. Parce que le plus beau cadeau, c'est celui qui vient du cœur, et qu'on reçoit plus en donnant qu'en recevant.*

– *Moi,* a dit Ségolène, *je fais toujours un beau dessin à mes parents pour Noël, et ils me disent que je suis adorable.*

– *Gna gna gna,* a dit Laurent.

– *Je suis a-do-ra-ble,* a fait Dominique, et il jetait sa tête en arrière comme s'il avait une queue-de-cheval.

Petit Papa Noël,
quand
tu descendras du ciel

Nous, on a rigolé, mais Ségolène s'est mise à pleurer en disant que cette année, les garçons étaient vraiment trop méchants, mais qu'elle ne se laisserait pas faire, et qu'on verrait bien ce qu'on allait voir.

Alors, la maîtresse nous a dit que ce n'était pas bien, et que le plus beau cadeau qu'on pouvait lui faire, ce serait d'essayer d'arrêter de se disputer jusqu'au jour de l'arbre de Noël.

Nous, comme on l'aime bien, la maîtresse, on a arrêté d'embêter Ségolène, et on a essayé de se taire et de réfléchir au cadeau qu'on allait faire pour les copains.

Ce matin-là, on avait hâte que la classe commence. On avait tous un paquet dans la main, avec un papier de couleur et un beau ruban. Le Bouillon nous a dit de nous mettre en rang je vous prie, en nous parlant tout doucement avec un grand sourire. C'est à ce moment-là que Nicolas est arrivé, et on a tous poussé un cri en le voyant. Sa maman lui avait fait un manteau rouge, avec un col de fourrure blanche et une capuche. Il avait un énorme paquet entre les mains, et sur la figure une grande barbe blanche.

Nous, on l'a trouvé formidable et on a chanté : « *Petit Papa Noël, quand tu descendras du ciel...* »

Les seuls qui ne chantaient pas, c'était Michèle, parce qu'elle nous a dit que c'était un peu enfantin, et Alain, parce qu'il pensait que la maîtresse n'allait pas être contente et qu'il n'aime pas se faire gronder. Mais le Bouillon, ça l'a fait rire de voir Nicolas déguisé, et quand on est rentrés en classe, la maîtresse a dit que c'était une idée charmante.

Dans la classe, il y avait un arbre de Noël, un vrai sapin, comme dans les grands magasins, avec une guirlande qui clignote, et des boules de toutes les couleurs. On a tous déposé nos cadeaux au pied de l'arbre et la maîtresse a refait le paquet de Jean-Louis, qui était un peu déchiré. Par le trou, on a pu voir que son cadeau, c'était un peigne, comme celui qui est dans la salle de bains de papa, parce que c'est vrai qu'il ne doit pas s'en servir très souvent.

C'était beau comme un vrai Noël, et la maîtresse a dit que puisque le Père Noël avait eu la gentillesse de nous rendre visite, c'était lui qui allait distribuer les cadeaux à toute la classe.

Ségolène a dit que ce n'est pas très juste, parce que les Pères Noël sont toujours des garçons, et Laurent a demandé si ça ne serait pas plus équitable de tirer au sort. Mais Nicolas était déjà monté sur l'estrade. Il a pris le cadeau de Jean-Louis, et il l'a donné à François.

Ça nous a épatés, et on a vu que c'était vraiment un bon Père Noël, parce que François, justement, il est toujours très bien coiffé, avec une belle raie sur la gauche, et une mèche sur le front.

– *Merci, Père Noël,* a dit doucement François.

Nicolas ne l'a pas entendu, parce qu'il avait déjà couru sous le sapin, et il avait pris un tout petit paquet, avec un emballage en aluminium qui avait la forme d'une petite voiture de sport, et il l'avait donné à Ségolène.

Ségolène n’avait pas l’air trop contente, et c’est drôle, parce que c’était une Ferrari, même si la peinture était écaillée et qu’il lui manquait un phare.

Rachida a eu une poupée qu’Hervé avait chipée à sa petite sœur, et Michèle un costume de policier. Philippe avait l’air bizarre quand il a ouvert son paquet parce que c’était un numéro de « Tout l’univers » qu’Alain avait en double et qui racontait l’histoire de l’invention de l’électricité. Jean-Marie était trop content, parce qu’il avait un casque de mineur, avec une lampe, qui venait du papa d’Olivier.

Quand Nicolas allait chercher les cadeaux, on regardait tous le paquet avec lequel il était arrivé, parce que c’était le plus gros et qu’il y avait un papier d’emballage avec des Superman dessus.

– *Ça n’est pas du meilleur goût,* a dit Laurent, parce que Jack avait apporté une perruque orange, que portait son papa quand il faisait de la musique.

Alain a eu le coussin péteur de Dominique, et c’était drôle, parce qu’il ne savait pas ce que c’était et qu’on le lui a fait essayer pour lui montrer.

Moi, j'ai vu que même la maîtresse avait rigolé, mais Alain, il ne rigolait pas du tout.

À la fin, il ne restait plus que le gros cadeau de Nicolas, alors que tout le monde avait déjà son paquet.

– *Qui le père Noël a-t-il laissé de côté ?* a demandé la maîtresse.

On s'est tous regardés, et on s'est aperçu qu'il ne restait plus personne. Alors, Nicolas s'est frappé le front, et il a dit

– *Et moi ? ! Je me suis complètement oublié.*

La maîtresse a fait un grand sourire, et elle a dit que Nicolas était un exemple de générosité. Alors, il a ouvert le gros paquet et dedans, il y avait une panoplie toute neuve, avec un pyjama noir et jaune, une cape et un masque en forme de tête de chat.

– *Batman !* on a tous fait.

Nicolas a fait un grand sourire, et il a écarté les bras en baissant la tête et en faisant flotter sa cape. Et nous, on a bien cru qu'il allait s'envoler.

Ségolène est désolée

Aujourd'hui, à l'école, il s'est passé quelque chose de bizarre. Dans la cour, pendant la récréation, on avait commencé à jouer aux cow-boys et aux Indiens, et on s'amusait bien, sauf Alain, parce qu'il était le prisonnier et qu'on l'avait attaché au gros platane, et qu'on lui racontait les tortures qu'on allait lui faire. Jean-Louis avait apporté un lasso, et il le faisait tourner dans l'air au-dessus de sa tête. Dominique avait un gros revolver en plastique, et Laurent ripostait avec une mitraillette à tirer dans les coins. Philippe avait ramassé un morceau de bois, et il disait que c'était un fusil. Nicolas et Rachida tournaient autour d'Alain en se mettant la main devant la bouche pour imiter le cri de guerre des Indiens. Hervé était appuyé contre un mur, et de temps en temps, il faisait semblant de tirer au pistolet avec ses doigts. Après, il les ramenait devant ses lèvres, et il faisait semblant de souffler sur la fumée. Même François avait l'air de s'amuser un peu, parce que Nicolas lui avait dit qu'il serait son second. Même Brice, parce qu'il était chargé de faire le guet et d'empêcher les ennemis de rentrer dans le camp.

Quand on en était à fumer le calumet de la paix pour décider du sort du prisonnier, parce que son scalp ne tenait plus qu'à un fil, Ségolène nous a demandé si on voulait bien arrêter de jouer parce qu'elle avait quelque chose d'important à nous dire. Elle nous a emmenés sous le préau, et on s'est mis en rond autour d'elle.

Elle avait deux jolies couettes, et elle regardait ses pieds, un peu comme François quand il est au tableau. Elle nous a expliqué qu'elle avait réfléchi et qu'elle était bien désolée, parce qu'elle aimait bien taquiner Rachida et Michèle, faire son intéressante et être peste avec les garçons. Elle a dit qu'elle s'énervait toujours quand on se moquait d'elle, mais qu'elle, elle aimait bien aussi se moquer des gens.

Nous, on était tous étonnés et même un peu gênés qu'elle nous parle comme si on était des grandes personnes. Elle me faisait penser à papa, quand il passe la nuit sur le divan du salon, et que le matin il se réconcilie avec maman.

Nicolas lui a dit que c'était vrai qu'elle était souvent un peu peste, mais que ce n'était pas grave, et qu'on l'aimait bien quand même.

Ségolène n'a pas trop aimé que Nicolas lui dise ça, et elle lui a dit que c'était souvent la faute des garçons, ct que si lui, il arrêtait de faire le malin, elle serait plus gentille avec tout le monde.

Laurent, ça avait l'air de l'ennuyer d'écouter Ségolène, et il a dit que c'était des histoires de filles, et que ce n'était pas la peine d'interrompre une partie de cow-boys et d'Indiens pour ça.

Jack a dit à Laurent que ce n'était pas gentil de dire ça, et que Ségolène avait bien du courage de reconnaître qu'elle disait souvent n'importe quoi pour faire croire qu'elle savait des choses qu'elle ne connaissait pas.

Dominique a fait un drôle de sourire en coin, et a dit que c'était normal que Ségolène ait été déçue de ne pas avoir le prix d'excellence l'année dernière, parce que tout le monde ne pouvait pas être premier de la classe, et que l'important était qu'elle s'applique pour faire de son mieux, même si elle n'était pas toujours au niveau.

Alors Ségolène s'est un peu énervée. Elle a dit que ce n'était pas vrai qu'elle disait n'importe quoi, et qu'on disait ça parce qu'elle était une fille, et qu'on verrait bien, la prochaine fois, si elle n'aurait pas le prix d'excellence.

Elle a dit qu'elle ne comprenait pas pourquoi Dominique et Laurent lui disaient des méchancetés, alors que ses parents, ses voisins, et même ses amis du club de danse disaient toujours qu'elle était charmante, et que même dans la rue, les gens se retournaient sur son passage, et que son papa disait toujours qu'elle était la plus belle.

– *La beauté, ça ne compte pas,* a dit Michèle.

Alors Ségolène lui a dit qu'elle comprenait pourquoi Michèle disait ça.

– *Sale peste,* lui a dit Michèle.

Nicolas a dit à Ségolène qu'elle était vraiment incorrigible, et que c'était pas bien de dire ça à Michèle, même si c'était vrai que Michèle n'était pas très belle.

Ségolène s'est mise à pleurer, elle a dit que c'était toujours la même chose, et que même quand elle essayait d'être gentille, tout le monde disait du mal et se moquait d'elle.

– *On va tous se mettre à pleurer, c'est trop triste,* a dit Dominique, en regardant Ségolène par en dessous.

Philippe et Jean-Marie rigolaient dans leur coin

– *Ouin, personne ne m'aime !* disait Jean-Marie

– *Ségolène est une fontaine !* a dit Philippe.

Alors, Ségolène s'est fâchée tout rouge. Elle a dit à Dominique qu'il était gros et qu'il avait toujours l'air de cligner de l'œil, et à Laurent que c'était un fils à papa qui était dans les jupes de sa maman. Elle a dit que Jack était ridicule, parce qu'il donnait toujours raison au dernier qui avait parlé, et que Nicolas croyait qu'il était plus fort que Napoléon parce qu'il était le chouchou de la maîtresse. Elle a dit à Jean-Louis qu'il était sale comme une limace, et à Philippe qu'il avait une voix de canard ; que Jean-Marie était une brute et qu'il n'avait pas d'ami ; que Rachida souriait tout le temps, mais qu'elle n'aimait personne et qu'elle ne pensait qu'à elle ; que François et Brice étaient des toutous, qui essayaient toujours de faire comme Nicolas. Et qu'Hervé ne savait rien faire, et qu'il était mou comme un polochon.

Tout le monde est parti en haussant les épaules. Ségolène est restée seule, et elle regardait vers le ciel, comme la statue de Jeanne d'Arc que m'a montrée papa.

Quand la cloche a sonné, on s'est mis en rang sans rien dire. On faisait tous une drôle de tête, et personne ne regardait personne.

– *Et moi ! et moi ! et moi !* a crié Alain, dans la cour.

Nous, on l'avait complètement oublié. Le bouillon est allé le détacher. Il avait l'air furieux. Il a puni Alain parce qu'il faut savoir s'arrêter de jouer à la fin de la récréation.

Il faut savoir parler anglais

Ce matin, quand on est arrivés dans la classe, il n'y avait pas que la maîtresse derrière son bureau. Sur l'estrade, il y avait le Bouillon, et une dame avec des cheveux rouges et plein de tresses bouclées comme les serpentins du carnaval où je suis allé, à Nice, avec mon oncle Ernest.

– *Je vous présente missise Wilkinson,* a dit la maîtresse. *À partir d'aujourd'hui, elle viendra une fois par semaine pour vous familiariser avec l'anglais.*

– *Vous savez qu'aujourd'hui, l'anglais est devenu indispensable,* a dit le Bouillon, *et vous allez avoir la chance d'être placés en immersion.*

Nous, on ne savait pas trop ce que ça voulait dire, mais la maîtresse a dit que rien ne remplace la pratique et que c'est en forgeant qu'on devient forgeron.

– *C'est aussi la plaisir de bien connaître le langue anglaise,* a dit missise Wilkinson.

Elle avait une drôle de façon de parler, en avançant la bouche en avant et en fermant les yeux comme si elle réfléchissait très fort à ce qu'elle disait.

– *Qui connaît la Royaume-Uni ?* elle a demandé.

Nous, on était surpris qu'une maîtresse se trompe tout le temps dans les articles, mais on s'est dit que peut-être, elle était venue en France pour se perfectionner en français, et que ça n'avait pas trop d'importance, si elle nous apprenait à devenir forgerons.

– *C'est où ?* a demandé Jean-Louis.

– *Moi, je ne connais que le royaume de France,* a dit Philippe.

– *La Royaume-Uni, c'est la nom de le Grande-Bretagne,* a dit missise Wilkinson.

– *En Bretagne, on parle breton ou français, madame,* a dit Jean-Marie.

– *Le Grande-Bretagne, c'est la pays de l'Angleterre,* a dit missise Wilkinson, *et j'assure vous que là, on parle anglais.*

– *Vous oubliez l'Écosse et le pays de Galles,* a dit Alain. *Et même une partie de l'Irlande. L'ensemble a une surface de 244 046 kilomètres carrés, une population de 57 240 millions d'habitants.*

Alors, la maîtresse s'est fâchée, et elle a dit à Alain que s'il continuait à faire le zouave il irait au piquet.

– *Ce n'est pas d'importance,* a dit missise Wilkinson. *Nous allons faire le connaissance, et tout va aller dans le très bien.*

Alors, la maîtresse et le Bouillon sont sortis, et on s'est demandé qui allait nous expliquer ce que disait missise Wilkinson, parce qu'on ne parlait pas encore assez bien l'anglais pour comprendre son français.

– *Moi,* a dit Nicolas, *mon papa dit toujours que c'est aux États-Unis qu'il faut apprendre l'anglais.*

– *Oui, aux States !* a dit Jack.

– *Mon papa,* a dit Laurent, *il est allé en classe à Oxford. C'est une grande école, où on fait tous les jours du bateau, et on revient avec des biceps comme ça !*

– *Tant qu'à aller en Bretagne, ça ne vaut pas les Glénans,* a dit Jean-Marie.

Michèle était contente, parce que l'année dernière, elle avait été en classe dans une école bilingue, et qu'elle savait déjà un peu parler l'anglais.

– *I speak english,* elle a dit.

– *Really, you speak very well,* a dit missise Wilkinson.

Nous, on était épatés, mais missise Wilkinson nous a dit qu'à partir de maintenant, on allait commencer l'« immersion », et qu'en plus, elle ne parlerait plus qu'anglais et qu'on devrait quand même essayer de comprendre. Ça ne nous a pas trop inquiétés, parce qu'on ne comprenait déjà pas très bien ce qu'elle disait en français.

– *I am your english teacher.*

On la regardait avec des yeux ronds. Mais Michèle a fait un grand sourire. Je crois que c'est parce qu'elle avait compris la question.

– *You are my english teacher*, elle a dit.

– *Good !* a dit missise Wilkinson.

Alors, on s'est dit qu'il n'y avait pas de raison, parce que nous aussi on connaissait des phrases anglaises.

– *Michèle, ma belle,* a chanté Jean-Louis en secouant les cheveux et en se grattant le ventre comme s'il jouait de la guitare.

– *I'm just a gigolo,* a repris Jack.

– *It's a long way, to Tipperary,* a chanté Laurent.

– *Its wonderful, it's wonderful,* a dit Hervé.

– *My flowers are beautiful,* a dit Dominique.

a 244 000 km²
(230 000 km² pour
Grande-Breta
I'am
just
a gigolo
Michèle
in ze
poubelle!

– *Your flowers are not beautiful,* a répondu Jean-Louis.

– *Pourquoi les Anglais mettent la bouche en avant quand ils parlent ?* a demandé Philippe.

– *Ce qui est bien,* a dit Ségolène, *c'est qu'en Angleterre, il y a une reine.*

– *Ils ont des lords qui sont bien habillés,* a dit Laurent. *Et des courses de lévriers. C'est smart.*

– *Et puis des sous-marins jaunes,* a dit Nicolas.

– *Il paraît qu'ils mettent de la confiture sur leurs steaks hachés,* a dit Jean-Marie.

– *Beurk*, a dit Jean-Louis.

– *In english, please, gentlemen,* a dit missise Wilkinson.

– *In ingliche, in ingliche,* a répété Jean-Louis, et c'était drôle, parce qu'il mettait sa bouche en avant comme missise Wilkinson.

– *Je demande vous de faire la silence,* a dit Philippe.

– *In ingliche, in ingliche,* a repris Jean-Louis.

– *Ils ont des chapeaux ronds, vive la Bretagne, ils ont des chapeaux ronds, à bas les Grands-Bretons*, a chanté Jean-Marie.

Alors, Michèle est montée sur l'estrade, et elle nous a dit de nous taire, et que c'était une honte, parce nous profitions de la situation.

– *Michèle in ze poubelle,* a crié Jean-Louis.

Alors, ça a été terrible. Nicolas a crié que Michèle avait raison et Philippe lui a demandé :

– *De quoi je me mêle ?*

Jean-Marie a donné un coup dc poing sur le nez de Nicolas, et Philippe a donné un coup de pied à Brice, qui pourtant ne disait rien. Jean-Louis et Laurent, ils avaient l'air de trouver ça drôle que tout le monde se dispute et ils criaient :

Well, well, well !

– *Je vous demande de taire vous-même, et de faire la silence !* a crié missise Wilkinson.

Elle ne souriait plus du tout, et elle était toute pâle, et ses serpentins pendaient devant ses yeux.

– *On dit faire le silence,* a dit Alain. C'est un nom masculin.

On a tous rigolé, et c'était la première fois qu'il nous faisait rire, Alain, même s'il n'a pas compris pourquoi.

Missise Wilkinson, elle nous regardait avec des yeux ronds. Elle avait la bouche ouverte, et elle ne disait rien, peut-être parce qu'elle avait peur de faire encore des fautes.

C'est à ce moment-là que la porte s'est ouverte, et que le Bouillon est entré dans la classe.

– *Qu'est-ce qui se passe, ici ?* il a demandé, le Bouillon.

– *In ingliche !* a crié Jean-Louis. *On est en immersion.*

Alors le Bouillon s'est fâché tout rouge, et il a demandé à missise Wilkinson qui avait été insolent. Missise Wilkinson s'est mise à lui parler très vite, avec des mots anglais et des phrases françaises où elle se trompait encore dans les articles. On n'a pas bien compris ce qu'elle a dit, et je crois que le Bouillon non plus, mais il a dit à Alain que puisque c'était comme ça, il serait en retenue jeudi.

Il avait l'air très énervé, le Bouillon, et peut-être qu'il a trouvé que missise Wilkinson n'était pas une bonne maîtresse, parce que, la semaine suivante, elle n'est pas revenue, et c'est dommage, parce que l'anglais, c'est chouette, surtout quand c'est en immersion.

Hervé a eu de la chance

De tous les nouveaux qui sont arrivés cette année, je crois qu'Hervé est celui qui travaille le moins bien. Il oublie souvent ses cahiers, il demande toujours des stylos-billes et des crayons à ses voisins et il se fait gronder par la maîtresse parce qu'il fait des traits sur la table pendant qu'elle nous explique pourquoi il ne faut pas mettre de « s » à mille même si c'est un très gros chiffre. Il n'apprend jamais les récitations et il explique à chaque fois qu'il a oublié son cahier parce que sa maman était malade ou qu'il a plu dans sa maison ou qu'il a perdu son cartable. Il arrive presque tous les matins en retard en donnant des explications compliquées. Ce qui m'épate, c'est que la maîtresse le gronde moins que Jean-Louis, qui fait toujours l'idiot, ou Alain, qui aimerait être son chouchou mais que la maîtresse reprend souvent parce qu'il croit qu'il sait déjà tout alors qu'il n'est encore qu'un enfant.

Le jour où il a dû se faire gronder par ses parents, Hervé, c'était juste avant les vacances de Noël, quand le Bouillon est

venu nous rendre les carnets. Il est arrivé dans la classe avec un air très sérieux, il les a posés sur la table, et il a dit :

– *Mes enfants, c'est un moment important. Nous sommes à un tiers de l'année scolaire et déjà on peut distinguer ceux qui travaillent bien et ceux dont les résultats sont insuffisants.*

Après, il nous a appelés par notre prénom, et il nous a rendu nos cahiers sans rien dire, mais on voyait rien qu'à sa tête ce qu'il y avait écrit dedans.

Il a fait des grands sourires à Nicolas, François et Dominique. Il a pris l'air inquiet quand il a rendu leur carnet à Jean-Marie, à Ségolène ou à Jean-Louis.

Quand il a appelé Hervé, il a dû répéter plusieurs fois parce qu'Hervé dessinait des carrés sur une feuille sans faire attention à ce qui se passait dans la classe.

Il a fini par se lever, et il est allé jusqu'au bureau, avec l'air de ne pas s'en faire.

– *Hervé, la maîtresse et moi sommes très préoccupés,* il a dit le Bouillon en le regardant dans les yeux, *tes notes sont mauvaises dans toutes les matières.*

Hervé, il ne disait rien. Il restait debout devant le Bouillon avec l'air de se réveiller, il était un peu décoiffé et il a tendu la main pour prendre son carnet.

– *Si tu ne t'améliores pas,* lui a dit le Bouillon, *nous serons obligés de prendre des mesures et de te renvoyer de l'école.*

Nous, ça nous a fait un peu peur d'entendre le Bouillon dire ça, mais en voyant Hervé revenir à sa place tout doucement et avec l'air de se chanter une chanson, on s'est dit qu'il avait décidé de travailler pour rattraper son retard. On aurait aimé en parler avec lui à la récréation, mais il nous a dit qu'il ne pouvait pas traîner, parce qu'il avait une partie de tennis et que ça ne pouvait pas attendre. On a trouvé que c'était bon signe, parce que la maîtresse dit toujours qu'être à l'heure, c'est très important.

Après les vacances de Noël (celles où on est allés dans le chalet de ma tante Aglaé, même qu'il n'y avait pas trop de neige mais c'était bien quand même parce qu'on est allés au cinéma à Auron), quand on a recommencé à avoir des récitations et des interrogations de calcul, c'était encore Hervé qui avait les plus mauvaises notes.

– *Il n'y a pas de problème,* il disait toujours quand on lui demandait s'il avait peur de se faire renvoyer, *je maîtrise.*

En disant ça, il nous faisait un clin d'œil, et puis il courait rejoindre ceux qui jouaient au ballon pour essayer de jongler avec sa tête comme font les Brésiliens sur la télévision de mon oncle Corentin qui habite Quimper.

Il est drôle Hervé, parce qu'il ne fait jamais rien pour l'école, il rate souvent des anniversaires, il a l'air un peu endormi, mais on a toujours l'impression que ce n'est pas grave. Ce qu'il aime, c'est jouer au tennis ou au ballon, aller au cinéma en mangeant des bonbons ou rester allongé sur son lit pour faire des décalcomanies.

Seulement, à la dictée sur l'histoire de la chèvre qui se fait manger par le loup parce qu'elle n'entend pas son maître qui crie *« Reviens ! Reviens ! »,* il a eu un zéro parce qu'il y avait une faute à chaque mot. La maîtresse lui a dit qu'elle voulait le voir tout seul après la classe, qu'elle allait prévenir sa maman, et qu'il allait falloir *« prendre des décisions ».*

Alain est devenu tout blanc parce qu'il n'aime pas quand la maîtresse parle comme ça.

Nous, on est restés en silence et on a regardé Hervé en se disant qu'il allait sûrement partir dans une autre école. À la récréation, on ne savait pas trop quoi lui dire, mais Hervé nous a tapé dans la main en souriant :

– *Il n'y a pas de problème,* il répétait.

Le soir, quand la cloche à sonné et qu'il s'est retrouvé tout seul avec la maîtresse, on a regardé par la fenêtre et on a vu qu'elle lui parlait tout près et que lui, il avait toujours le même air de s'amuser.

Le lendemain, on a été contents quand on a vu Hervé dans la cour avec le vieux sac qu'il utilise comme cartable et les cheveux en désordre sur le front. On lui a demandé ce que lui avait dit la maîtresse et comment il était encore là.

Il nous a raconté que la maîtresse avait commencé à lui faire des longues phrases compliquées avec des mots comme sanctions, dernière chance, rattrapage, responsabilité et confiance.

Il nous a expliqué qu'il faisait semblant d'écouter mais qu'il pensait plutôt à la partie de ping-pong qu'il allait faire avec son cousin.

Après, la maîtresse lui a dit qu'il devait une fière chandelle à Nicolas, parce qu'il était venu la voir avant, pour lui dire qu'il pouvait aider Hervé à faire ses devoirs le soir à l'étude et qu'il lui ferait réviser ses leçons. Et que c'était dommage de casser l'unité de la classe en le renvoyant.

Ce qu'elle ne savait pas, la maîtresse, c'est qu'Hervé avait demandé à Nicolas de lui dire ça et qu'en échange, il lui avait promis de toujours l'aider dans la cour quand il y aurait des chats perchés, des balles au prisonnier ou des attaques de cow-boys contre Géronimo, et que même, le jeudi, il lui apprendrait comment on fait des smash et des lob au tennis.

Il a vraiment eu de la chance, Hervé, parce que Nicolas a bien voulu et comme m'a dit Laurent au réfectoire :

– *Sans Nicolas, ça fait bien longtemps qu'Hervé ne serait plus à l'école.*

Je trouve que ce serait dommage, parce qu'on s'est habitués à lui et que ça nous ferait bizarre d'avoir une classe sans personne qui ne ferait rien.

Dominique est candidat

Dominique n'a pas de chance, parce que, le jeudi matin, il doit retourner à l'école pour travailler tout seul avec le Bouillon. C'est à cause de l'inspecteur, parce qu'il a dit à la maîtresse que Dominique avait des dispositions. Nous, on savait pas ce que c'était, les dispositions, mais la maîtresse nous a expliqué que ça voulait dire qu'il était très fort en calcul.

Ça, on le savait déjà, parce que quand on joue aux billes, c'est toujours le premier à dire ce qu'on lui doit, même quand il n'a pas gagné. Mais comme il fait toujours des sourires, tout le monde lui fait confiance. À l'épicerie, c'est lui qui sait combien on doit lui rendre et même au stade, il nous dit de quel temps on a progressé, alors que comme il est un peu gros, il ne court pas très vite.

Dans la classe, on a souvent l'impression qu'il n'écoute pas, et même qu'il dort un peu, et quand la maîtresse nous fait faire des multiplications et des divisions, il a fini avant tout le monde, et il fait des dessins sur son cahier avec l'air de penser à autre chose. Ségolène, elle aussi, elle termine vite ses devoirs, mais elle a souvent des mauvaises notes et la maîtresse lui dit qu'elle ne réfléchit pas. Dominique, au contraire, il a toujours juste, et parfois, on se demande s'il n'aurait pas soufflé le prix d'excellence à Nicolas l'année dernière, s'il avait été dans la classe.

Jack, il dit qu'il n'aime pas le calcul et que de toute façon, il y aura bientôt des machines qui feront ça à notre place. Alain, il ne se trompe jamais, mais souvent, il n'a pas le temps de finir son devoir, parce qu'il écrit lentement, avec une belle écriture, en soulignant au bic vert ce qui est important, même que la maîtresse dit toujours qu'il ne sait pas gérer son temps. Jean-Marie dit qu'il préfère l'histoire de Bayard aux histoires de baignoires. Jean-Louis, ses devoirs sont tellement mal écrits et tellement sales que parfois, la maîtresse n'arrive pas à les lire, et elle ne les corrige pas.

Quand le Bouillon croise Dominique dans le couloir, il lui pose toujours des problèmes :

– *7 fois 325 ?* demande le Bouillon.

– *2 275,* répond Dominique.

– *1 884 divisé par 4 ?* dit le Bouillon.

– *471,* dit Dominique.

Le Bouillon regarde son papier, parce que lui, il a préparé le problème dans son bureau et il a marqué la réponse. Il fait un grand sourire en donnant une claque dans le dos à Dominique et en lui disant :

– *Bravo ! Tu es prêt pour le concours général.*

Il nous a expliqué que Dominique allait sûrement réussir un examen très difficile, et que ce serait l'honneur de notre école, et qu'il fallait que l'on comprenne que pendant qu'on jouait au foot le jeudi, ou qu'on allait au square le samedi, Dominique travaillait pour la classe. Nous, on était contents que Dominique travaille pour nous, et on trouvait que c'était bien que la classe ait une bonne note sans qu'on ait besoin de passer tous un examen, parce qu'avec Jean-Louis et Ségolène, on n'aurait eu aucune chance.

Même Nicolas, qui au début était un peu jaloux, parce que normalement, c'est tout de même lui le premier de la classe, quand il a vu comme c'était difficile et combien il fallait travailler, il a fini par se consoler de ne pas être candidat.

Le jeudi, quand on se retrouvait à des anniversaires, Dominique n'était jamais là.

– *11 fois 924 ?* lui demandait le Bouillon.

– *10 164,* répondait Dominique.

Parfois, il devait déjeuner tout seul avec lui, et il répondait à ses questions entre deux bouchées de pommes de terre sautées. Nous, on était un peu tristes de jeter des boulettes de pain sans lui au réfectoire.

Ce qui nous a étonnés, c'est qu'en avril, quand le printemps est arrivé, Dominique est venu à l'anniversaire de François. Puis à celui de Brice. Et même à celui de Rachida.

Le jeudi matin, il restait dans son lit à lire des illustrés et un samedi, il est allé avec toute la classe voir un Zorro au cinéma.

Quand on lui demandait pourquoi il n'allait plus travailler avec le Bouillon, il disait que ce n'était plus la peine, parce qu'il en savait autant que lui, et qu'il perdait son temps.

À l'école, on voyait bien que le Bouillon était inquiet. Il ne lui posait plus de questions, et il regardait Dominique en hochant la tête comme quand papa surveille la cuisson du poulet le dimanche. Dominique lui posait la main sur le bras, et il lui disait d'un air charmeur :

– Ne vous inquiétez pas, monsieur Dubon. Je suis aussi prêt qu'on peut l'être.

Le samedi, il allait prendre des grenadines avec ses cousins. Le dimanche, il allait faire du toboggan au Jardin d'acclimatation.

Le dimanche avant le concours, le Bouillon avait dit à Dominique de bien se reposer pour être en forme. Dominique a dit que oui, et que pour se détendre, il irait au bowling avec sa voisine. Le Bouillon avait l'air contrarié, et il lui a dit de ne pas se coucher trop tard.

Le lundi matin, le Bouillon avait mis un beau costume noir. Il avait l'air de Monsieur le directeur. Il avait coiffé ses cheveux avec la raie au milieu, et mis des lunettes à monture d'écaille. Il attendait Dominique dans la cour, pour l'emmener dans le grand lycée du concours général. Nous, on attendait avec lui, et on voulait tous qu'il gagne, Dominique. Le Bouillon dansait d'un pied sur l'autre, il tirait sans cesse sa montre de sa poche pour regarder l'heure. Il avait les mains qui tremblaient.

– *Qu'est-ce qu'il peut bien faire ?* il disait.

Quand la cloche a sonné, on a dû rentrer en classe, et on n'a pas pu rester avec lui.

Quand on est sortis dans la cour pour la récréation, on a été surpris de voir Dominique debout contre le platane. Il avait un blazer et un joli bermuda, mais sa chemise dépassait de sa ceinture.

Il nous a dit que son réveil n'avait pas sonné, et qu'il était arrivé trop tard pour le concours général. On était embêtés pour lui, et on essayait de pas trop le montrer, mais il nous a dit que ce n'était pas grave : qu'il était tellement prêt qu'il pourrait facilement le passer l'année prochaine, et qu'il était content parce que sa maman lui avait permis d'inviter toute la classe samedi prochain pour fêter son anniversaire. Le seul qui était triste, c'était le Bouillon. Quand on est passés devant son bureau on a vu qu'il avait enlevé sa belle veste et qu'il avait dénoué sa cravate. Il se tenait la tête dans les mains. Peut-être qu'il ne se sentira pas en état de préparer Dominique pour l'année prochaine, et ça, ça serait dommage pour la classe.

On a dansé chez Ségolène

Aujourd'hui, maman m'avait dit que je n'irais pas à l'école parce que c'était la fête du Travail et que ce jour-là personne ne travaille, même papa qui s'occupe de tondre la pelouse et de ranger la cave en faisant des grands gestes et en soufflant très fort. Moi, je savais que j'allais quand même voir les copains, parce que cet après-midi j'étais invité chez Ségolène pour son anniversaire. Pour nous prévenir, sa maman lui avait fait un chouette carton rose avec une princesse dessinée dessus et des brillants comme des diamants. Ségolène nous en avait donné un à chacun et elle était venue me dire qu'elle serait très contente si je voulais bien venir. Moi, j'avais rougi qu'elle me parle comme ça, mais après Jack m'a dit qu'elle avait dit ça à tout le monde, seulement pour qu'on l'aime plus que les autres parce qu'elle voulait toujours être la chouchoute. Il faisait le malin, Jack, mais je crois qu'il était bien content d'aller lui aussi à cet anniversaire. Quand Dominique lui avait demandé si c'était déguisé, elle a répondu que non, mais que ce serait bien quand même et qu'il y aurait une surprise. Elle avait invité presque toute la classe, sauf Jean-Marie parce qu'il n'est pas convenable comme dit toujours Alain, et Michèle, parce qu'elle lui fait tou-

jours la leçon et qu'elle n'aime pas beaucoup les filles. Jean-Marie avait dit qu'il s'en moquait parce que le jour du 1er mai, il avait bien d'autres choses à faire, mais Michèle avait l'air un peu triste de ne pas avoir de carton. Celui qui a été chouette, c'est papa, parce qu'il n'avait même pas fini de réparer l'évier et il a quand même bien voulu me déposer chez Ségolène, faire des courses et même venir me rechercher après. J'avais pris comme cadeau un joli serre-tête de toutes les couleurs et qui clignote dans la nuit. Je le trouvais très beau même si maman m'avait dit que ce n'était pas du meilleur goût mais que c'était bien suffisant. Elle habitait dans une belle maison, Ségolène, avec un jardin, une balançoire et plein de jeux de garçons pour ses frères qui aiment bien jouer à la guerre.

Au début, Nicolas a dit que c'était bizarre comme anniversaire, parce qu'il n'y avait pas de clown ni de pêche à la ligne, ni de chaises mises en rond pour courir autour et de cuillère qu'on met dans la bouche avec une pomme de terre au bout. Il n'y avait que des espèces de lampes de toutes les couleurs et un tourne-disque. On avait tous l'air un peu idiot en attendant Ségolène, mais quand elle est arrivée et que sa maman a mis un disque qui jouait *Joyeux Anniversaire,* on a tous été épatés. Elle était dans une robe blanche et elle tapait dans les mains. Nous on a tous fait comme elle, en chantant *Joyeux Anniversaire,* sauf Alain, parce qu'il avait pris un gros livre dans la bibliothèque du papa de Ségolène, et qu'il s'était mis sur une chaise pour le lire dans son coin.

– « *You you !* » criait Jean-Louis en jetant sa tête en arrière.

– *Tiou hou !* faisait Philippe en bougeant ses grandes jambes.

François avait l'air un peu inquiet et il ne savait pas s'il devait applaudir, parce que je crois qu'il est un peu timide. Il se passait les mains sur les cheveux pour vérifier que sa mèche était bien en place, et il se tordait les pieds sans rien dire.

Quand la musique s'est arrêtée, Ségolène est venue au milieu du salon, elle a fait une révérence et elle a dit :

– *Pour mon anniversaire, on va tous danser.*

Moi je me suis dit que maman ne serait peut-être pas très contente parce qu'elle dit que ce n'est pas de mon âge, mais ça me faisait rire de voir Jean-Louis se gratter le ventre comme s'il avait une guitare en chantant des mots d'anglais. Jack faisait des moulinets avec ses bras de plus en plus vite. Ségolène avançait et reculait en balançant des pieds et des mains, elle était belle. Dominique tapait en rythme sur la commode. Hervé s'était adossé contre le mur, et il secouait ses bras comme s'il dansait. Olivier, il prenait l'air sérieux en levant un poing serré. Même François et Brice commençaient à bouger doucement les pieds. Laurent disait qu'il ne comprenait pas cette musique de sauvage et parlait avec le papa de Ségolène comme s'il était un grand.

Nicolas a dit qu'il allait nous montrer une danse que lui avait apprise sa grand-mère, qui est américaine.

Il a mis ses mains sur les genoux et il les a croisés très vite en bougeant les jambes.

– *Ça s'appelle le charleston,* il nous a expliqué.

Ensuite, il nous a montré une autre danse. Il faisait un pas en avant, puis un pas en arrière, un pas sur le côté, et puis il se tournait et il recommençait.

– *Ça, c'est le madison.*

Après, il s'est mis à remuer les bras en cadence, en bougeant en même temps un pied.

– *Ça, c'est le twist. C'est mon grand frère qui est allé en Angleterre qui me l'a montré.*

– *C'est terrible !* a dit Jack en claquant des doigts.

Ensuite, Nicolas a invité Rachida pour lui montrer une autre danse, que lui avait apprise son grand-père, qui a vécu en Argentine. Il paraît que c'est un très grand pays, qui est en Amérique du Sud, où tout le monde a un cheval et où on mange des steaks de taureau.

Rachida, elle avait l'air rudement contente, elle souriait de toutes ses dents, avec les yeux baissés.

Nicolas a collé sa joue contre la sienne, il lui a pris la main, et il l'a tendue en avant, comme un fusil.

– *Ils ont l'air d'un bateau à voile,* a dit Philippe.

Nicolas donnait des grands coups de talon par terre, en marchant très vite en avant, puis il se retournait, et il nous regardait en repartant dans l'autre sens.

– *Olé, tango !* a crié Jean-Louis.

Dominique avait pris deux cuillères sur le buffet, et il les claquait l'une contre l'autre en cadence. Rachida était toute chose, et je crois bien qu'elle rougissait.

Alors, Nicolas est monté sur la table, et il nous a montré une autre danse, que lui avait apprise son oncle Nikos qui habite à Athènes. Il écartait ses bras et il marchait d'avant en arrière en se baissant et en claquant des doigts.

– *C'est une danse grecque, cela s'appelle le sirtaki,* il nous a expliqué.

Nous, on s'était mis autour de la table, et on claquait des mains pour l'accompagner. Tout le monde nous avait rejoints, même Laurent et Dominique, même Philippe et Olivier. Nicolas avait un grand sourire et ça le faisait danser encore mieux de voir tout le monde autour de lui. On criait : *« Nicolas ! Nicolas ! »*

C'est à ce moment-là que la maman de Ségolène est entrée, et c'est bizarre, ça ne lui a pas trop plu qu'on s'amuse si bien à danser.

– *Veux-tu bien descendre de là*, elle a dit à Nicolas en arrêtant la musique. *On n'est pas chez les sauvages*.

Nous, en nous retournant, on a remarqué que Ségolène n'était pas avec nous et qu'elle s'était assise dans un coin, sur une chaise. Elle avait perdu sa barrette et elle avait les yeux rouges, comme si elle avait envie de pleurer. Elle a dit que c'était pas juste et que Nicolas faisait tout pour l'embêter et qu'il lui avait gâché son anniversaire, et que puisque c'était comme ça, on allait arrêter de danser.

La maman de Ségolène a dit qu'il fallait qu'on aille dans le jardin pour le goûter. On est tous sortis en courant pour jouer à l'arc et au pistolet, et on a bien rigolé. Ce qui est moins drôle, c'est qu'à la guerre, c'est encore Nicolas qui a gagné.

Rachida a bien changé

Au début, Rachida, tout le monde l'aimait. Elle a de beaux yeux noirs, et un joli sourire, et elle est bronzée toute l'année. Quand elle vous regarde, on a l'impression que ses yeux brillent. Elle court vite, elle a de bonnes notes, et elle aime bien jouer au foot avec les garçons. Les seules qui ne l'aiment pas trop, c'est Michèle et Ségolène. Michèle dit qu'elle pense trop à s'amuser, et qu'elle n'est pas assez appliquée. Ségolène, on voit que Rachida l'énerve, parce que tout le monde la trouve belle, surtout quand elle secoue doucement ses cheveux. Ségolène, c'est bizarre, l'année dernière on voulait tous être à côté d'elle au réfectoire, mais cette année, on a l'impression qu'elle est un peu démodée. Comme on la regarde moins quand elle fait tourner sa robe dans le vent, elle essaye de se faire remarquer en chantant :

– *Ce soir je serai la plus belle.*

Rachida, elle ne fait pas de bruit, et elle ne crie jamais. Moi, j'aime quand elle répond avec une voix douce à la maîtresse, quand elle est au tableau. Et quand elle prend son air timide, j'ai envie de la protéger.

En leçon de travaux manuels, elle a brodé un chouette porte-serviettes pour sa maman, avec des fleurs jaunes et violettes. En cours de dessin, elle sait faire des oiseaux de toutes les couleurs, avec des grandes ailes. En leçon de musique, elle chante avec une toute petite voix des chansons de son village qui est de l'autre côté de la mer. Elle sait aussi *Trois Jeunes tambours*, *« Orléans, Beaugency, Notre-Dame de Cléry, Vendôme, Vendôme »,* et quand elle dit pour la deuxième fois *« Vendôme »,* on a tous envie de l'embrasser. Elle connaît l'histoire du Poupon de Bonne Figure, qui

aime bien les bonbons et les confitures, et dans son cartable, elle a toujours un livre avec une couverture rose. Il y en a un avec une histoire terrible, avec des petites filles bien habillées qui se perdent dans la forêt avec leur cousin Paul, même que leur méchante gouvernante est très inquiète et que le garde-chasse doit partir à leur recherche.

Quand la maîtresse nous a dit qu'on devait faire des équipes pour préparer un exposé sur la vie des seigneurs dans les châteaux forts, on voulait tous être avec elle.

J'étais content, parce que quand la maîtresse nous a donné les noms des équipiers, j'étais dans le groupe de Rachida, avec Nicolas, François, Brice, Hervé, Michèle, Alain et Jean-Louis.

Dominique, Jack, Laurent et Olivier étaient avec Ségolène, ils n'avaient pas l'air très contents d'être ensemble, parce Ségolène, elle veut toujours être le chef, alors que Dominique dit que c'est lui le plus capable. Laurent les regardait d'un air fatigué, parce qu'il n'aime pas beaucoup le travail en groupe. Eux, ils devaient préparer un exposé sur les serfs et les vilains qui travaillaient très dur, en payant des impôts qui s'appelaient la dîme et la gabelle, même que la nuit ils devaient faire le guet pour assommer les grenouilles dans les marais, parce que les seigneurs voulaient dormir tranquilles.

Philippe et Jean-Marie n'avaient pas d'équipe, et en plus, ils ne voulaient pas être ensemble. La maîtresse leur a dit qu'ils feraient des découpages pour le grand panneau sur le Moyen Âge qu'on afficherait dans la classe.

Jeudi, on s'est tous retrouvés chez Rachida pour préparer notre exposé. Elle a de la chance, Rachida, parce qu'elle a plein

de frères et sœurs, et qu'elle n'est pas obligée d'inviter des copains pour jouer aux gendarmes et aux voleurs.

On s'est mis dans le salon, sur des gros coussins très confortables, avec des fils d'or qui dessinaient des étoiles. La maman de Rachida lui ressemblait beaucoup. Elle est venue avec une grosse cafetière en or. Elle nous a donné des petits verres avec des décorations dorées, et elle nous a servi de l'eau très chaude avec beaucoup de sucre et de la menthe. C'était bon et parfumé. Ce qui nous faisait rire, c'est qu'elle levait sa cafetière de plus en plus haut, et que l'eau chaude coulait comme d'une fontaine, et que ça ne tombait jamais à côté du verre. Jean-Louis a demandé à la maman de Rachida s il pouvait essayer, et il a tout renversé sur le tapis. La maman de Rachida lui a dit que ce n'était pas grave, parce que Jean-Louis ne s'était pas brûlé.

Après, on a bien travaillé et on a fait un chouette exposé où tout le monde devait prendre la parole à son tour et où il y avait des dessins qu'on avait découpés dans des livres de chevaliers.

Le jour de notre exposé, la maîtresse a dit que notre équipe avait le droit de rentrer dans la classe après le déjeuner, même si la récréation n'était pas terminée, pour écrire des choses au tableau et accrocher aux murs les panneaux qu'on avait préparés.

Moi, j'étais un peu en retard parce qu'il y avait des betteraves à la cantine, et que j'avais dû rester seul avec le Bouillon qui avait voulu que je termine mon assiette, et qui m'avait gardé ensuite pour me gronder, parce qu'on n'a pas idée d'être si difficile, quand on pense que lui, il avait mangé des rutabagas et des topinambours pendant la guerre.

Ce qui m'a étonné, c'est que dans le couloir, j'ai entendu des cris, comme quand Ségolène fait sa crise de nerfs, et qu'elle dit à la maîtresse que les garçons ne font que de l'embêter.

Quand je suis entré dans la classe, Rachida était derrière le bureau de la maîtresse, et elle ne souriait plus du tout.

– *Alain, tu ne comprends rien à rien !* elle disait.

Alain, il était tout pâle, parce qu'il essayait d'accrocher un panneau avec des jongleurs et des ours qui dansaient dans la

salle à manger du château fort, et qu'en mettant du scotch, il l'avait un peu déchiré.

– *Jean-Louis, tu es un abruti !* a dit Rachida.

Et pourtant, pour une fois, il ne faisait pas l'imbécile, Jean-Louis. Il écrivait au tableau le plan de l'exposé, mais Rachida disait que les lignes n'étaient pas droites et qu'il avait une écriture de bébé.

– *François, n'importe quoi !* elle a dit.

François était tout blanc, comme quand la maîtresse l'interroge par surprise.

Il ne faisait rien de mal, il avait juste posé les feuilles sur le bureau pour qu'on puisse lire notre exposé. Rachida lui a repris les feuilles des mains, parce qu'elle disait qu'il ne les avait pas mises dans le bon ordre et qu'on n'allait pas parler de la méchanceté des suzerains avant d'expliquer pourquoi les gentes dames avaient des grands chapeaux.

– *Des ânes, vous êtes des ânes !* elle disait.

Brice était au fond de la classe, il la regardait d'un air terrorisé. Hervé était accoudé à la fenêtre et il mâchait un malabar avec l'air d'être ailleurs. Michèle faisait une drôle de moue avec ses lèvres, en regardant Rachida comme maman quand elle passe devant l'étalage du poissonnier.

Elle avait bien changé, Rachida. Ses yeux noirs nous lançaient des éclairs, elle était décoiffée et elle me faisait un peu peur. Elle n'arrêtait pas d'aller et venir sur l'estrade en faisant des grands gestes :

– *Vous êtes des incapables, des incapables !* elle disait ; *je ne suis pas entourée.*

Alors, Jcan-Louis a dit :

– *Maintenant, ça suffit. Après tout, t'es pas la maîtresse.* Et il est sorti de la classe en haussant les épaules.

– *Bon débarras*, a dit Rachida, il ne nous manquera pas.

Michèle a regardé Rachida sans rien dire, mais d'un air de plus en plus dégoutée, et elle est sortie derrière Jean-Louis.

– *Allez-y, sortez tous, puisque c'est comme ça !* a crié Rachida.

Alors, Brice, Hervé, Alain et même François sont sortis de la classe en silence.

Rachida a mis sa tête dans ses mains, et elle s'est mise à pleurer. Nicolas est venu près d'elle, en lui disant que ce n'était pas grave, et que lui aussi, souvent, tout le monde l'énervait, mais qu'il ne fallait pas le dire, et qu'il était sûr que Rachida allait faire un très bel exposé.

Il est gentil, Nicolas, et c'est bien qu'il l'ait consolée, parce que moi, je trouve que même si parfois elle s'énerve, Rachida, elle est tout de même chouette.

On est le monde

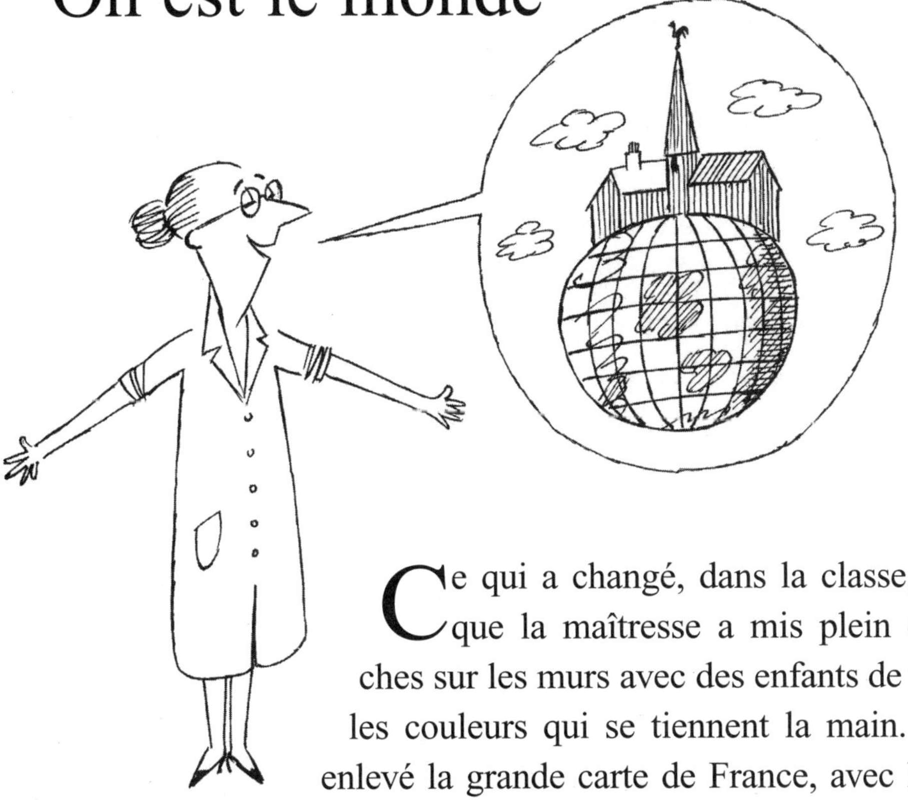

Ce qui a changé, dans la classe, c'est que la maîtresse a mis plein d'affiches sur les murs avec des enfants de toutes les couleurs qui se tiennent la main. On a enlevé la grande carte de France, avec le blé, les fromages et les bouteilles de vin, et le dessin qui nous faisait peur, avec un monsieur dont on avait découpé le ventre, et où on voyait le foie, les poumons et les intestins. À la place, on a mis des cartes du monde, et de grands panneaux qu'on avait faits nous-mêmes, avec chacun une lettre, et tous ensemble, ça faisait le mot : solidaires. On ne savait pas trop ce que ça voulait dire, mais c'était chouette, parce qu'on avait eu le droit de dessiner avec des feutres fluos. La maîtresse nous a dit que c'était bien parce que ça allait nous ouvrir à l'autre.

Elle a dit qu'il fallait qu'on comprenne bien que le monde était un peu comme un village, et elle nous a fait écouter une chanson en anglais. On n'a pas trop compris ce que ça disait et on a regretté que missise Wilkinson soit partie, mais la maîtresse nous a expliqué que ça voulait dire qu'on était le monde,

et qu'on était des enfants. Elle a dit que cette année, à la fête de l'école, on ne ferait pas comme les autres années des danses alsaciennes, ou une bourrée du Poitou, ou un chant corse, mais que ce serait mieux parce qu'on allait aider un village éthiopien, où il faisait très chaud et où tout le monde mourait de faim.

– *Est-ce qu'on pourra tout de même se déguiser ?* a demandé Laurent, parce que lui, il a une chouette collection de déguisements, et il aime bien nous les montrer aux fêtes de l'école.

– *Bien entendu,* a dit la maîtresse, *mais il faudra rester dans le thème.*

Nicolas a demandé s'il pourrait mettre le costume de Batman qu'il avait eu à l'arbre de Noël, et la maîtresse lui a dit que ce n'était guère de circonstance. Elle nous a expliqué qu'il fallait qu'on soit dans les tenues des cinq continents pour montrer qu'on était le monde et qu'on était des enfants.

– *Est-ce que je pourrais venir en pirate ?* a demandé Jean-Marie, *parce que mon papa dit toujours que l'Océan, c'est le sixième continent.*

– *Et pourquoi pas en kangourou ?* a dit Philippe en rigolant. La maîtresse a répondu que non, parce qu'il fallait illustrer les endroits où les gens sont très pauvres, pour qu'on pense à leur envoyer le papier aluminium de nos tablettes de chocolat et qu'il arrêtent de mourir de faim.

La maîtresse nous a dit que cette année, la fête de l'école serait plus importante que d'habitude, parce que les tickets de tombola serviraient à envoyer un sac de riz aux enfants qui n'ont pas à manger. Elle a dit qu'il fallait qu'on prévienne nos familles pour que tout le monde vienne. Mais je crois qu'Hervé n'a pas bien écouté, parce que le jour de la fête, il n'est même pas venu, et il a fait du baby-foot toute la journée avec un copain.

Quand j'ai dit à maman que je devais être en Chinois, elle m'a dit que ce n'était pas difficile, parce que mon oncle Loulou avait fait son service militaire sur un bateau qui s'appelait *Jeanne d'Arc,* qu'il avait fait le tour du monde, et qu'il avait rapporté un chapeau pointu, et qu'avec une robe de chambre, j'aurais l'air d'un vrai mandarin.

La maman de Laurent n'a pas été contente, parce qu'il devait se costumer en Bolivien, et que c'était le seul déguisement qu'il n'avait pas encore, et qu'il allait falloir faire venir le tailleur pour ça. Jean-Louis avait un grand chapeau de Mexicain, il est venu avec une guitare. François avait mis une grande robe bleu ciel, et sa maman lui avait passé un bouchon brûlé sur le visage, pour faire des traces noires, parce qu'il devait faire la Guinée équatoriale. Il était quand même bien coiffé, et il n'avait pas l'air d'avoir très faim. Rachida avait une robe verte, rouge et blanche, et les nattes roulées en boule sur le côté du visage. La maîtresse avait dit qu'elle ferait les peuples

sibériens. On n'avait pas l'impression qu'ils étaient si malheureux que ça, parce qu'elle souriait tout le temps. Michèle avait un gros anorak rouge en nylon, on a d'abord cru qu'elle s'était trompée, et qu'elle était venue en Père Noël, mais elle disait qu'elle était en Esquimaude. Nicolas avait un maillot jaune et un short vert : il était en footballeur brésilien. Alain n'avait pas l'air très à l'aise, parce qu'il avait des chiffons sur la tête, et une grande robe en haillons, parce qu'il devait faire un chamelier du Sahara. Ségolène avait une petite jupe blanche avec des bottines, une veste rouge avec des boutons dorés et plein de galons, un grand chapeau et un bâton qu'elle essayait de faire tourner avec la main, mais elle n'y arrivait pas trop, et il tombait tout le temps.

La maîtresse n'avait pas l'air contente, parce qu'elle lui avait demandé de faire les civilisations précolombiennes, et que Ségolène lui a dit qu'elle avait vu dans un livre que c'était comme ça que s'habillait les Américaines.

Jean-Marie avait un chapeau à plumes de chef indien. Il nous a dit qu'il était Sit-

ting Bull, et que c'était un grand chef qui avait essayé de mettre dehors ceux qui venaient l'embêter alors qu'il était sur les terres de ses ancêtres. Philippe était venu comme d'habitude en paysan, avec un chapeau de paille et un cœur rouge sur la poitrine, parce que sa maman lui avait dit que c'était son seul déguisement, et que ça ferait bien l'affaire. Olivier avait retroussé le bleu de travail de son papa. Il a dit à la maîtresse que les déshérités, il y en avait dans tous les pays, et même en France.

Dominique avait une robe orange et un point rouge sur le front. Il avait les bras écartés et les paumes tournées vers le ciel. Il faisait rouler ses yeux en répétant :

– *Hare Krishna, hare Krishna.*

Mais celui qui nous faisait rire, c'était Brice, parce qu'il devait faire les populations aborigènes, et qu'il était tout nu avec une grosse culotte bouffante marron.

Quand le spectacle a commencé, on avait un peu le trac, et la maîtresse aussi. Elle nous a distribué des sacs de pommes de terre, dans lesquels on avait mis du riz. On a fait le tour de la

scène, et on devait chacun aller à tour de rôle verser notre riz dans une grande corbeille sur laquelle on avait collé tous les drapeaux du monde. À chaque fois qu'on versait un sac, les parents nous applaudissaient et on était contents. Ségolène, elle avait du mal à tenir son sac, parce qu'elle avait son bâton dans une main, et que ce n'était pas commode. Elle a renversé son sac à côté de la corbeille. Ça n'a pas été trop grave parce que Jean-Louis s'est mis à danser en jouant de la guitare et que ça a bien fait rire les parents, même si la maîtresse était toute rouge, et qu'elle le regardait d'un air sévère.

Elle a fait des grands gestes pour qu'on soit bien alignés face aux parents et elle a déclenché le magnétophone. Alors, on a entendu des chanteurs qui criaient en anglais : *« On est le monde ! »*

La maîtresse nous avait dit de lever les bras en l'air, et de les balancer en cadence. On n'y arrivait pas très bien et on se bousculait souvent. François gardait les bras le long du corps, et il regardait ses babouches. On voyait qu'il rougissait derrière les traces noires que lui avait faites sa maman.

Le Bouillon, qui était en coulisses, a passé à Nicolas le globe de la classe, qui sert normalement pour les cours de géographie, et qu'on avait décroché de son support. Nicolas l'a levé au-dessus de sa tête, et il a été applaudi par les parents. Et puis il l'a lancé à Dominique, qui l'a passé à Olivier, et après, toute la classe se l'est passé de main en main pendant que les messieurs du magnétophone hurlaient :

« We are the world ! »

Les parents applaudissaient en cadence, et il y avait même des mamans qui avaient les yeux rouges, elles avaient l'air d'avoir envie de pleurer.

Ségolène, elle faisait tourner son bâton, et elle saluait la foule de l'autre main en souriant. Quand Laurent lui a

passé le globe, elle n'a pas pu l'attraper, et il s'est fracassé en mille morceaux au pied de l'estrade.

– *Imbécile !* lui a dit Laurent, et il lui a arraché son bâton et il l'a lancé au fond de la scène.

Alors, Ségolène s'est mise à pleurer, et Nicolas a couru vers eux pour les séparer. En passant, Jean-Marie lui a fait un croche-pied, et Nicolas est tombé par terre. Jack a donné un coup de poing à Jean-Marie, et Philippe a donné une claque à Alain. Le

Bouillon et la maîtresse couraient sur la scène en criant. Jean-Louis jouait de la guitare en se courbant en arrière et en avant. Dans le magnétophone, les Anglais continuaient à chanter :

– *We are the world !*

Mais dans la salle, les parents n'applaudissaient plus. Ils nous regardaient en silence.

Quand le rideau est tombé, on était tous un peu tristes parce que la maîtresse pleurait et qu'on n'aime pas lui faire de la peine. On lui a dit qu'on était désolés et on lui a promis qu'on le referait l'année prochaine, parce que c'était tout de même chouette d'être solidaires.

Alain a été renvoyé !

On a beaucoup de chance, parce que la maîtresse, elle s'occupe très bien de nous, elle nous aide quand on doit construire des boîtes en carton pour mettre les colliers de pâtes de la fête des mères, elle nous apprend des belles chansons, et quand on est sages, elle nous emmène visiter des châteaux, et ce qui est bien, c'est qu'on y va en autocar et qu'on apporte un pique-nique. Elle est toujours très bien coiffée, avec un chignon derrière les oreilles, et elle a souvent une jolie robe avec des fleurs qui dépasse de sa blouse. Elle nous explique bien les leçons, elle ne s'énerve jamais, et quand elle traverse la cour, elle nous passe parfois la main dans les cheveux. Quand on n'a pas appris une récitation, ou qu'on a oublié de faire un devoir, elle nous dit de faire un effort la prochaine fois je vous prie, mais elle ne nous met jamais en retenue le jeudi. Même Jean-Louis, qui fait des taches d'encre partout, et qui a toujours des vieux papiers en boule au pied de son bureau, elle ne le gronde presque jamais. Même Hervé, qui n'a pas de trousse et qui a perdu son cahier de texte depuis le début de l'année ; même Philippe et Jean-Marie, qui sont souvent sous leur bureau pour faire des batailles de sarbacane ; même Ségolène, qui lève toujours le doigt et qui répond souvent n'importe quoi ; même Dominique, qui se gratte sous les bras et qui a la chemise qui dépasse de son pantalon, elle ne les gronde pas souvent.

Ce qui est bizarre, c'est qu'Alain, il est toujours impeccable, et il range tous les matins et tous les soirs son pupitre. Quand il sort ses cahiers, on a l'impression qu'il vient de les acheter à la Samaritaine, alors qu'il les a depuis le mois de septembre. Souvent, il part le dernier de la classe pour aller en récréation, parce qu'il prend ses crayons pour les tailler parfaitement avec un taille-crayon qui a une petite boîte rouge pour recueillir les épluchures. Il a une gomme blanche qui ne fait pas de tache sur les pages, et il écrit avec une belle écriture penchée, comme le monsieur de la mairie qu'on a été voir avec papa pour l'avertir que mon petit frère était né, même que ça n'a pas eu l'air de lui faire spécialement plaisir et qu'il ne nous a pas félicités. Il ne se salit jamais dans la cour, et il n'a pas de Mercurochrome sur les genoux. Il ne se dispute pas pendant les parties de billes parce qu'il n'y joue jamais. Quand on se bagarre, il ne donne pas de coups de poing, il se contente de regarder. Il ne fait pas de chahut en classe, et il ne parle pas à Philippe et Jean-Marie, parce qu'il dit qu'ils sont mal élevés. Quand il répond à la maîtresse, c'est toujours parce qu'il sait.

Pourtant, depuis le début de l'année, on a un peu l'impression qu'il l'agace, la maîtresse, et même le Bouillon fronce souvent les sourcils quand il le croise dans l'escalier.

Ce matin, on avait une interrogation de leçon de choses.

– *Que pouvez-vous me dire sur les courgettes ?* a demandé la maîtresse.

– *Ça pique la langue et c'est pas bon,* a dit Jean-Louis.

– *C'est un peu comme un concombre, en plus petit mais en plus gros,* a dit Dominique.

– *Ségolène est une courge,* a dit Philippe.

– *C'est facile de se moquer des filles,* a dit Ségolène, *surtout quand on ressemble à un navet.*

– *Ma maman, elle aime bien en faire de la soupe,* a dit doucement François.

– *C'est un légume de forme oblongue et de la race des cucurbitacées, qui ne pousse qu'en climat tempéré,* a dit Alain. *On la cueille avant maturité.*

Nous, on était épatés, parce qu'Alain, il sait des choses incroyables, qui ne sont même pas dans le dictionnaire. Mais la maîtresse, elle n'avait pas l'air tellement contente.

– *Ce n'est pas la peine d'essayer de te faire valoir en employant des mots savants*, elle lui a répondu. *Il suffisait de dire que la courgette est un légume du potager.*

– *Pardon*, a dit Alain, *mais il me semble que la courgette est un fruit au sens botanique du terme, parce qu'elle contient les graines de la plante, comme la tomate à laquelle on aime à la mélanger pour faire du potage.*

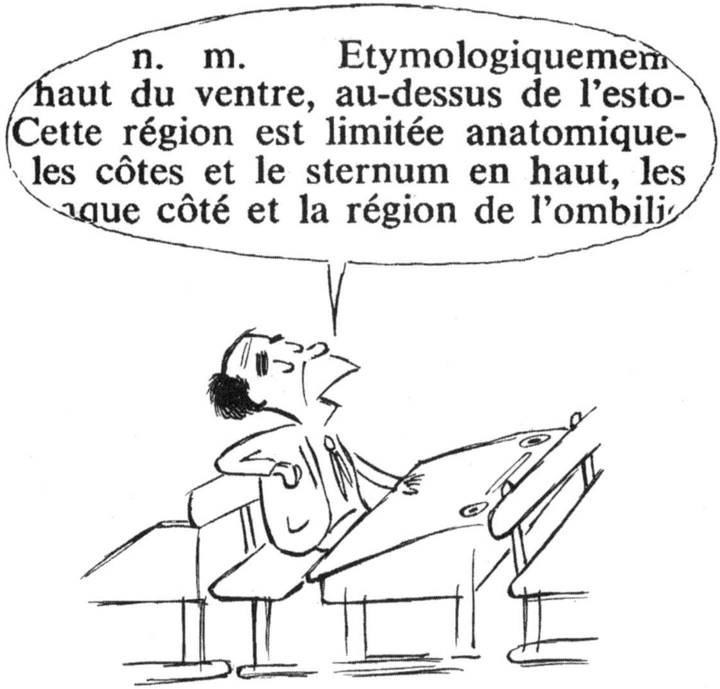

La maîtresse, elle avait l'air énervée, et elle a dit qu'on allait passer à un autre sujet.

Alain avait le front plissé. Je crois qu'il réfléchissait très fort pour essayer de bien répondre à la question suivante.

– *Nous allons faire un peu d'anatomie*, a dit la maîtresse. Et c'était bien, parce qu'elle avait déplié devant le tableau une affiche où il y avait un monsieur en caleçon.

Jean-Louis, ça l'a fait rire et il a dit que le Bouillon avait un chouette maillot de bain pour aller sur la plage.

– *Allons, allons*, a dit la maîtresse.

Elle avait pris une grande règle, et elle nous montrait le monsieur en nous demandant de quel os ou de quel organe il s'agissait. Ce qui était chouette, c'est qu'on n'avait pas besoin de lever le doigt. On répondait tous en même temps, et je voyais que la maîtresse était contente parce qu'on participait.

– *Les chevilles !*

– *Le genou !*

– *La tempe !*

– *La clavicule !*

– *Les poumons !*

La maîtresse nous a montré le ventre du monsieur en maillot de bain, on a un peu hésité parce que ça devenait plus difficile.

– *Le nombril !* a dit Nicolas.

– *L'estomac,* a dit Michèle

– *C'est très bien, mes enfants,* a dit la maîtresse.

Comme Alain levait le doigt, elle a pris l'air fatigué et elle lui a demandé ce qu'il avait encore.

– Il me semble que pour être précis, le point que vous avez montré désigne plutôt l'épigastre.

– L'épi quoi ? a dit la maîtresse.

– L'épigastre : il s'agit de cette région médiane et supérieure de l'abdomen entre les côtes et l'estomac. C'est en quelque sorte le creux de l'estomac, a dit Alain.

La maîtresse n'a même pas répondu, elle a haussé les épaules et elle a roulé son affiche pour la ranger au-dessus de l'armoire.

– Revenons à la botanique, elle a dit. *Pouvez-vous me dire quelle est la caractéristique des conifères ?*

– C'est qu'on en fait des sapins de Noël, a dit Nicolas.

– Ils sont verts et pointus toute l'année, a dit Laurent.

– Ils ne perdent jamais leurs épines, même quand c'est l'automne et que les autres arbres perdent toutes leurs feuilles, a dit Rachida.

– Ils commencent par un gros mot, a dit Jean-Louis.

– On distingue sous ce terme une dizaine d'espèces, a dit Alain. *Il y a l'araucaria, le cèdre, le cyprès, l'épicéa, l'if, le mélèze, le pin, le sapin, le séquoia et le thuya. C'est un arbre gymnosperme caractérisé par un feuillage en aiguilles ou en*

PLANCHE 1

écailles, par des inflorescences femelles en cônes à ovules, et par une sécrétion résineuse.

Il y avait un grand silence, et on se demandait comment Alain savait tout ça, et s'il n'allait pas recevoir tout de suite le prix d'excellence. Ce qui nous a étonnés, c'est que la maîtresse est devenue toute rouge et qu'elle s'est fâchée très fort. Elle s'est mise à crier, et elle a dit que c'était un scandale, et qu'elle en avait assez qu'Alain soit grossier et insolent ; qu'il allait immédiatement sortir de la classe pour aller dans le bureau du Bouillon, et qu'on allait voir ce qu'on allait voir.

Alain était tout blanc. Il avait les épaules voûtées, et le visage tout plissé. Il a rangé ses crayons dans sa trousse, et son cahier dans son pupitre, et il est sorti sans rien dire.

Ça faisait tout drôle parce que la maîtresse, on ne l'avait jamais vue comme ça. On a arrêté très vite la leçon de choses. On n'osait plus répondre aux questions, parce qu'on avait peur, nous aussi, de dire des grossièretés, et qu'on n'aime pas que la maîtresse se fâche, parce qu'elle est chouette, et on sait que ça lui fait de la peine qu'on ne soit pas sages. On a fait la dictée du monsieur qui vit dans un moulin en Provence, et qui dort sur ses sacs de farine alors que le vent souffle très fort. Jean-Louis ne faisait même plus le mariole, et Jean-Marie et Philippe étaient assis sur leur chaise. Hervé prenait la dictée.

Le lendemain, quand on s'est mis en rang, on s'est aperçus qu'Alain n'était pas là. Quand on s'est installés dans la classe, la maîtresse était un peu pâle, et elle avait les mains qui tremblaient. La porte s'est ouverte, et le Bouillon est entré.

– *Debout,* a dit la maîtresse.

– *Assis,* a dit le Bouillon.

Le Bouillon s'est raclé la gorge, et il nous a dit qu'il avait une nouvelle très grave à nous annoncer, et qu'Alain était renvoyé.

Hervé, il avait l'air de ne pas en revenir. Nous, on était tristes, parce que, dans notre école, personne n'avait jamais été renvoyé.

Il n'avait pas beaucoup d'amis dans la classe, Alain, parce qu'il

préférait toujours réviser plutôt que de venir avec les copains au square, et qu'en récréation, il ne jouait pas très souvent aux cow-boys, sauf le jour où il avait été attaché au platane. On ne le trouvait pas drôle, mais quand on a su qu'il allait partir, on s'est aperçus qu'il allait nous manquer.

Quand la cloche a sonné, on est sortis sans courir et sans crier.

– *Il était super, Alain,* a dit Jean-Louis.

– *Il travaillait bien,* a dit Michèle.

– *Il avait un cœur gros comme ça,* a dit Ségolène.

– *C'était un merveilleux compagnon,* a dit Jack.

– *Il était toujours bien habillé,* a dit Laurent.

– *C'était le meilleur d'entre nous,* a dit Nicolas. *Il aurait mérité le prix d'excellence.*

Brice aurait bien aimé dire ce qu'il en pensait, mais c'est à ce moment-là qu'Alain est entré dans la cour, et on n'a pas pu l'écouter parce qu'on a couru pour lui dire au revoir.

Il nous a dit qu'il venait chercher ses affaires, et qu'il acceptait ce qui lui arrivait, parce qu'il faut respecter le verdict des autorités.

– *C'est quand même pas juste qu'on t'ait renvoyé,* a dit Nicolas.

– *Il me semble qu'il serait préférable d'utiliser le terme exclure,* a dit Alain. *Parce que renvoyer, cela veut dire qu'on va retourner de l'endroit d'où l'on vient, et que je ne retournerai sûrement pas à l'école de Bordeaux, où j'étais l'an dernier. Il faudra que tu veilles à la précision du langage, Nicolas. Un Prix d'excellence ne peut pas se permettre d'être aussi approximatif.*

Moi, je trouve qu'il avait raison, Nicolas, même s'il ne l'avait peut-être pas dit en bon français : Alain, c'était vraiment le meilleur d'entre nous.

Le Maestro

Souvent à la fête de l'école, il y a un magicien qui vient faire apparaître des foulards dans son chapeau, et découper une dame en deux. Il a une grande cape noire, des gants blancs, et un chapeau en forme de tuyau de poêle. Il nous dit tout le temps de faire très attention, parce qu'on va être épatés. Seulement, l'année dernière, ça s'était mal passé.

Son chapeau était tout usé, et il y avait des reprises dans sa cape. Sa baguette magique était écaillée.

Il avait commencé par des tours de carte, et il avait demandé à des enfants de monter sur la scène, pour qu'on puisse vérifier qu'il n'avait pas triché.

– *Moi ! moi ! moi !* avait dit Nicolas.

Et le magicien lui avait dit de monter.

– *Moi je trouve que ce n'est pas juste qu'il n'y ait pas de fille sur la scène,* avait dit Ségolène.

– *Viens toi aussi sur l'estrade,* avait dit le magicien : *comme ça les filles seront représentées*.

Ce qui est dommage, c'est qu'ensuite, il avait raté presque tout ce qu'il avait tenté. Les foulards étaient restés accrochés au fond de son chapeau, et le pigeon s'était envolé. Les lapins blancs lui étaient passé entre les jambes, et quand il avait voulu faire disparaître la dame, la grosse boîte s'était effondrée, et on avait vu qu'elle était recroquevillée, et qu'on avait fixé de faux pieds qui sortaient de l'autre côté.

– *Tricheur !* avait crié Ségolène, et tout le monde avait rigolé.

Ce qui est dommage, c'est que cette année, il n'avait pas voulu revenir quand on le lui avait demandé, et qu'on ne pourrait pas savoir s'il avait fait des progrès.

Un matin Nicolas nous a raconté que, pour son anniversaire, il avait eu un costume de magicien, et une boîte avec tous les objets pour faire des tours. Il nous a dit qu'il allait s'entraîner, et qu'ensuite, il demanderait à la maîtresse s'il pouvait venir en classe pour nous les montrer.

La maîtresse a dit que oui, et qu'il pourrait le faire à la fin de l'année, parce que la dernière semaine, on a fini de tout apprendre, et qu'on ne travaille jamais.

Nous, on avait oublié que Nicolas ferait le magicien, et quand un matin il est arrivé à l'école avec son beau costume, son grand chapeau, sa baguette et sa cape, un masque noir sur le visage, on a d'abord cru que c'était un vrai. Quand il est entré dans la classe, la maîtresse a fait un grand sourire, et elle lui a dit :

– *C'est à vous, Maestro, je vous laisse ma place.*

Ce qui nous a surpris, c'est que Nicolas a tout de suite sauté sur l'estrade en courant. Il a jeté les deux mains en avant en disant :

– Attention, mesdames et messieurs, ça va commencer !

Nous, on avait l'impression d'être au cirque, parce que c'était comme si il l'avait toujours fait

– *On dirait Zorro*, a dit François en ouvrant de grands yeux.

– *Il est distrayant*, a dit Laurent.

– *C'est cool*, a dit Jack.

– *Wahoo !* a dit Jean-Louis.

Brice ne disait rien, mais il regardait Nicolas avec le même sourire que maman quand elle m'a vu lire pour la première fois un livre : un vrai livre, avec plein d'écritures qui racontaient l'histoire d'une classe, avec des chouettes dessins.

– *Vous allez voir l'extraordinaire spectacle de Nicolas, le plus grand magicien que la terre ait porté !* a crié Nicolas. *Réputé de Las Vegas à Shanghai, quelquefois imité mais jamais égalé !*

On a applaudi très fort, parce que ça commençait bien.

Alors, Nicolas a demandé à François de monter sur l'estrade, et il lui a dit :

– *Toi aussi, tu veux devenir un jour magicien, mon petit ?*

François était tout rouge, et il a dit d'une petite voix qu'il aimerait bien.

– *Appelez-moi Maestro !* a dit Nicolas.

Alors, il a mis son chapeau dans les mains de François, et il en a sorti des foulards de toutes les couleurs, qui étaient attachés les uns avec les autres.

C'était comme au spectacle, on était épatés. François nous a salués et il est retourné à sa place. Alors Nicolas a tendu la main à Rachida, et il l'a fait monter sur la scène.

– *Aimes-tu les lapins ?* a demandé Nicolas.

– *Oui, Maestro*, a répondu Rachida.

Alors, Nicolas a ouvert le tiroir du bureau de la maîtresse, et il a sorti un lapin en peluche, qu'il a donné à Rachida en disant :

– *Abracadabra, pour faire plaisir à Rachida, petit lapin, sors de là !*

Rachida était toute contente, elle lui a fait un grand sourire, et elle a serré le lapin contre son cœur en retournant à sa place.

– *Monte ici,* Jean-Marie, a dit Nicolas.

Nous, on était surpris qu'il l'appelle, parce que Jean-Marie, d'habitude, personne ne veut jouer avec lui. Mais Jean-Marie, ça avait l'air de lui plaire, même s'il avait presque l'air timide en grimpant sur l'estrade.

Nicolas lui a tendu un jeu de cartes, qu'il avait mis en éventail, et il lui a dit d'en tirer une et de la cacher dans sa poche droite. Et puis, il a retourné les autres cartes, il les a regardées un petit moment et il s'est retourné vers Jean-Marie, il a tendu vers lui sa baguette magique et il a dit :

– Abracadra ! Aussi vrai que je suis Maestro, tu as dans ta poche droite l'as de carreau !

Jean-Marie a pris la carte, il l'a regardée, et il l'a montrée à la classe. C'était vraiment l'as de carreau. Nicolas lui a donné le jeu de cartes.

– *Il est trop fort,* a dit Jean-Louis.

– *C'est magique,* a dit Jack.

– *Et maintenant, je vais faire monter…*

Il a regardé la classe en faisant un demi-cercle avec sa baguette. Il y avait Brice, qui lui faisait des petits signes, et Hervé qui levait le doigt, même que c'était la première fois depuis la rentrée. Mais Nicolas n'a pas dû les voir, parce qu'il a demandé à Jack et Dominique de le rejoindre.

– *Vous aimeriez voir des ballons qui volent ?* leur a demandé Nicolas, en les prenant chacun par une épaule. Jack et Dominique riaient de bon cœur, alors que normalement, ils ne jouent pas souvent avec Nicolas.

Nicolas a sorti de son chapeau deux petits tubes, avec une tige en plastique et un rond au bout. Il leur a dit de souffler dessus à son signal.

– *Abracadabra*, a dit Nicolas, *aussi vrai que je suis le plus beau, vous allez envoyer des ballons tout en haut.*

Jack et Dominique ont soufflé dans le cercle, et là, ça a été terrible, parce qu'il en est sorti des bulles de savon rouges et bleues, qui sont montées jusqu'au plafond de la classe.

On a applaudi à tout rompre. La maîtresse avait un grand sourire, avec les yeux un peu humides. Le Maestro nous a tous fait monter sur la scène en disant :

– *Venez, venez, il y en aura pour tout le monde !* Et il piochait dans son chapeau, et il nous donnait des bonbons, et des tubes magiques, et de beaux foulards pour les filles.

Dans la classe, il n'y avait plus que Ségolène qui était restée à sa place. Nicolas l'a appelée, et elle a un peu hésité.

Il a dit :

– *Tout le monde avec moi !*

Il a sauté sur la chaise, et puis sur le bureau de la maîtresse, et puis de table en table dans la classe, en levant les bras.

– *Avec le Maestro, tout devient possible !* il disait.

Nous, on commençait à le trouver bizarre, mais la cloche a sonné, et la maîtresse a dit que ça avait été formidable, et que maintenant le spectacle était terminé.

On avait bien rigolé, et Nicolas avait l'air fatigué. On l'a tous félicité, même Laurent, qui ne l'aime pas trop. Il lui a dit :

– Tu es vraiment le plus grand. D'ailleurs, j'ai toujours dit que ta place était de travailler dans un cirque.

C'est curieux, parce que, le Maestro, ça n'a pas eu l'air de lui faire tellement plaisir.

Table des matières

Achevé d'imprimer en novembre 2007
sur les presses de l'imprimerie Hérissey
à Évreux (Eure)

Imprimé en France

Dépôt légal : novembre 2007
N° d'impression : 106645